ASSERTIVIDADE, UM JEITO INTELIGENTE DE EDUCAR

CELSO LUÍS GARREFA

Ana Marta Ribeiro e Silva
Prefácio

ASSERTIVIDADE, UM JEITO INTELIGENTE DE EDUCAR

1ª reimpressão

Belo Horizonte

2025

© 2024 Editora Fórum Ltda.
2025 1ª reimpressão

É proibida a reprodução total ou parcial desta obra, por qualquer meio eletrônico, inclusive por processos xerográficos, sem autorização expressa do Editor.

Conselho Editorial

Adilson Abreu Dallari
Alécia Paolucci Nogueira Bicalho
Alexandre Coutinho Pagliarini
André Ramos Tavares
Carlos Ayres Britto
Carlos Mário da Silva Velloso
Cármen Lúcia Antunes Rocha
Cesar Augusto Guimarães Pereira
Clovis Beznos
Cristiana Fortini
Dinorá Adelaide Musetti Grotti
Diogo de Figueiredo Moreira Neto (in memoriam)
Egon Bockmann Moreira
Emerson Gabardo
Fabrício Motta
Fernando Rossi
Flávio Henrique Unes Pereira
Floriano de Azevedo Marques Neto
Gustavo Justino de Oliveira
Inês Virgínia Prado Soares
Jorge Ulisses Jacoby Fernandes
Juarez Freitas
Luciano Ferraz
Lúcio Delfino
Marcia Carla Pereira Ribeiro
Márcio Cammarosano
Marcos Ehrhardt Jr.
Maria Sylvia Zanella Di Pietro
Ney José de Freitas
Oswaldo Othon de Pontes Saraiva Filho
Paulo Modesto
Romeu Felipe Bacellar Filho
Sérgio Guerra
Walber de Moura Agra

Luís Cláudio Rodrigues Ferreira
Presidente e Editor

Coordenação editorial: Leonardo Eustáquio Siqueira Araújo
Aline Sobreira de Oliveira

Rua Paulo Ribeiro Bastos, 211 – Jardim Atlântico – CEP 31710-430
Belo Horizonte – Minas Gerais – Tel.: (31) 99412.0131
www.editoraforum.com.br – editoraforum@editoraforum.com.br

Técnica. Empenho. Zelo. Esses foram alguns dos cuidados aplicados na edição desta obra. No entanto, podem ocorrer erros de impressão, digitação ou mesmo restar alguma dúvida conceitual. Caso se constate algo assim, solicitamos a gentileza de nos comunicar através do *e-mail* editorial@editoraforum.com.br para que possamos esclarecer, no que couber. A sua contribuição é muito importante para mantermos a excelência editorial. A Editora Fórum agradece a sua contribuição.

Dados Internacionais de Catalogação na Publicação (CIP) de acordo com ISBD

G239a	Garrefa, Celso Luís
	Assertividade, um jeito inteligente de educar / Celso Luís Garrefa. 1. reimpressão. Belo Horizonte: Fórum, 2025.
	146p.; 14,5x21,5cm ISBN: 978-65-5518-656-7
	1. Educação. 2. Assertividade. 3. Prevenção. 4. Capacitação. 5. Orientação. I. Título.
	CDD 370 CDU 37

Ficha catalográfica elaborada por Lissandra Ruas Lima – CRB/6 – 2851

Informação bibliográfica deste livro, conforme a NBR 6023:2018 da Associação Brasileira de Normas Técnicas (ABNT):

GARREFA, Celso Luís. *Assertividade, um jeito inteligente de educar*. 1. reimpr. Belo Horizonte: Fórum, 2025. 146 p. ISBN 978-65-5518-656-7. .

Aos pais, mães e profissionais que não medem esforços para educar e formar filhos saudáveis mesmo diante de um mundo cheio de desafios e ameaças.

AGRADECIMENTOS

Agradeço a Deus por me escolher e me conduzir pelos caminhos por Ele traçados.

Agradeço aos meus pais, José e Apparecida (*in memoriam*), pequenos na estatura, mas gigantes na qualidade de pessoas humanas.

Agradeço aos meus irmãos Eliana e Rogério. Ela pela presença sempre marcante em minha vida e ele, que através do seu desafio, mudou os rumos da minha história de vida.

Agradeço à Arlete, minha esposa, mulher extraordinária, parceira em todos os momentos da minha vida.

Agradeço à Letícia, minha filha, a quem tanto me orgulha referenciar como uma menina educada, responsável e respeitosa.

Agradeço a cada membro, cada voluntário e cada participante do Programa Amor-Exigente. Este livro contém um pedacinho de cada um de vocês.

SUMÁRIO

PREFÁCIO 13

INTRODUÇÃO 15

"NUM SEI U QUI FAZÊ, SÓ SI EU MATÁ" 19

ASSERTIVIDADE, UM JEITO INTELIGENTE
DE EDUCAR 23

DA INFÂNCIA PARA A VIDA TODA 25

CONSERTE O SEU TELHADO ENQUANTO NÃO CHOVE 27

O AMOR TAMBÉM PRECISA SER SÁBIO 29

CUIDADO COM O BICHO PAPÃO 31

PREVENÇÃO: FAMÍLIA, ESCOLA, IGREJA 33

FAMÍLIA DE DESCONHECIDOS 35

O FANTÁSTICO PODER DA MESA DE JANTAR 39

CASTIGO NA EDUCAÇÃO DAS CRIANÇAS 41

FALANDO A MESMA LÍNGUA 43

CRIANÇA BIRRENTA 45

A CRIANÇA NO SUPERMERCADO 49

NUNCA MAIS TE COMPRO MAIS NADA 51

SABER PARA EDUCAR 53

PALAVRAS QUE FEREM 55

ÓRFÃOS DE PAIS VIVOS 57

IMEDIATISMO E INSATISFAÇÃO 61

EDUCAÇÃO NÃO VIOLENTA...63

EDUCAÇÃO COM AUTORIDADE 65

O EXCESSO DE TUDO FAZ TÃO MAL QUANTO A FALTA
DE TUDO..69

E OS FILHOS BONZINHOS, COMO FICAM? 71

O PODER DO ELOGIO...75

AUTOESTIMA: FATOR DE PROTEÇÃO...79

OS PAIS TAMBÉM SÃO GENTE..81

PACIÊNCIA, QUEM NÃO TEM COME CRU 83

O MENINO E A BARATA...85

CRIANÇA OU MINI ADULTO..87

SIM SE POSSÍVEL, NÃO SE NECESSÁRIO...89

É FÁCIL DIZER NÃO, DIFÍCIL É MANTER O NÃO QUE
FOI DITO..91

DISCIPLINA, A MÃE DO ÊXITO 93

AS REGRAS DA CASA..95

A SÍNDROME DO SOFÁ..97

O MEU EU QUE REFLETE NO OUTRO 99

PAIS PREVISÍVEIS, FILHOS MANIPULADORES...............................101

PODER INFANTIL: FILHOS MANDAM, PAIS OBEDECEM............103

COOPERAÇÃO: A ESSÊNCIA DA FAMÍLIA.....................................105

FAMÍLIA: PRINCIPAL GRUPO DE APOIO 107

BONS PAIS OU PAIS BONZINHOS...109

RESPONSABILIDADE SEM CULPA 111

POSICIONAMENTOS FRÁGEIS, MANIPULAÇÕES FORTES..........113

RECURSOS LIMITADOS..115

PAIS OU AMIGOS DOS FILHOS 119

NOSSAS ESCOLHAS, NOSSO FUTURO 121

EDUCANDO COM EQUILÍBRIO 123

DROGAS: VOCÊ JÁ FALOU COM SEUS FILHOS SOBRE ISSO? 125

TOMA QUE O FILHO É TEU 127

BULLYING, COMO PREVENIR..129

DAS PEQUENAS ÀS GRANDES FALHAS..131

PAI, FAZ MAIS UM PIX PRA MIM! 133

DEPOIS, MÃE! 135

PRIMEIRO NÓS, SEGUNDO NÓS, TERCEIRO NÓS 137

PERGUNTE AO GOOGLE 139

SEJA PERMISSIVO COM SEUS FILHOS 141

FILHOS AGRUPADOS, PAIS ISOLADOS 143

AMOR PRÓPRIO, UM REMÉDIO NATURAL 145

PREFÁCIO

"Por favor, me digam, onde foi que eu errei?
O que eu poderia ter feito e não fiz?"

Essas perguntas são as mais ouvidas em todos os Grupos de Acolhida, por todos que chegam.

A resposta não pode ser dada de imediato, pois não conseguiríamos dizer da grandeza do Programa de Prevenção em tão pouco tempo.

Foi em meados de 2000, em um Encontro Regional de Amor-Exigente em Franca, no estado de São Paulo, que um grande amigo, "irmão fraterno", Clóvis Rao trouxe uma equipe de voluntários de Sertãozinho, do mesmo estado, para capacitação.

Eram meus primeiros passos na Proposta de Amor-Exigente, assim como de tantos outros.

Para minha surpresa conheci um jovem casal sem desafios aparentes. Ele muito calado, tímido, mas atento e ávido pelos aprendizados e portador de uma sensibilidade imensurável, que me cativou profundamente.

Celso Garrefa que, desde então, acolheu a Prevenção como o único caminho para uma vida com equilíbrio, harmonia e qualidade.

A sua caminhada mostrou ao longo desses anos uma jornada coerente, incisiva, pautada pelos raros e íntegros exemplos pessoais e busca incansável de aprendizado.

Todo esse contexto foi o que provocou a iniciativa para esse livro de orientação. Note bem: não se trata de "tutorial passo a passo"; pois, na Proposta de Amor-Exigente tudo *é sugerido, nada é exigido*.

Agora em livro, vendo suas palavras se expandirem, vamos nos inspirar por meio de fatos e histórias reais e considerar *ASSERTIVIDADE, UM JEITO INTELIGENTE DE EDUCAR*, um roteiro na construção de relações mais respeitosas e saudáveis, decifrando sentimentos, frustações e emoções; desmotivando e desencorajando agressões, birras e violências.

Aos olhos do Celso, e quase conseguindo tocar a sua fé, não cabe ter dúvidas do quanto a *Prevenção e a Assertividade* são parceiras, irmãs e democráticas. Ambas ressoam em todos os cantos, seja na família, escola, trabalho, religião e comunidades afins.

Esse percurso de leitura leve e fácil de percorrer é apresentado ao longo deste livro com sinais, caminhos, rotas, alternativas e direções.

Portanto, se esse relicário de ideias chegou até as suas mãos, abra-o e se dê conta *do quanto você pode fazer de diferente, com mais assertividade e obter respostas mais ajustadas e satisfatórias.*

Esses passos podem te conduzir a uma transformação positiva, com mais lucidez, leveza, empatia e serenidade.

Luz, Confiança e Fé.

Franca, dezembro de 2023.

Ana Marta Ribeiro e Silva
Coordenadora de Amor-Exigente

"Se queres borboletas no seu quintal, cultive flores."

(Mário Quintana)

INTRODUÇÃO

Todas as vezes que me apresento costumo citar que tive o privilégio e a oportunidade de conhecer o Programa Amor-Exigente muito cedo, na minha querida cidade de Sertãozinho, SP. Era o ano de 1995, e na época nossa família foi surpreendida pela dependência química do meu irmão mais novo, Rogério, e isso fez com que fôssemos em busca de apoio e tivemos ali o primeiro contato com este grupo, onde fomos recebidos, na ocasião, pelo Sr. Clóvis Jorge Rao, a quem manifesto meu respeito e gratidão.

Eu, na época ainda solteiro e namorando, ouvindo as partilhas das mães e pais que chegavam em busca de ajuda, ao tomarem conhecimento da proposta do programa costumavam citar quase que em coro: eu deveria ter adquirido estes conhecimentos dez ou quinze anos atrás, ou seja, antes que o problema batesse à minha porta.

Assim que me casei com a Arlete, mulher extraordinária, trouxemos para a nossa proposta de vida familiar muitos conhecimentos adquiridos do Programa Amor-Exigente e das partilhas dos grupos de apoio. Enxerguei nele aquilo que buscava para o nosso relacionamento familiar e educação dos filhos, no nosso caso, apenas uma filha, Letícia, a quem tanto me orgulha citar como uma menina educada, respeitosa e responsável.

O envolvimento com famílias e grupos também me conduziu a concluir os estudos, formando-me em Pedagogia, com interesse maior na área social.

Trabalhei no Conselho Tutelar da minha cidade, onde exerci três mandatos e recebi, durante este período, muitos conhecidos, experiências e vivências. Saindo do Conselho Tutelar assumi, por um mandato, a presidência o CMDCA da minha cidade.

Atualmente sou servidor público, exercendo a função de Pedagogo Social, onde atuei por um período no CREAS (Centro de Referência Especializado da Assistência Social), em medidas socioeducativas em meio aberto, com adolescentes infratores. Também trabalhei no CRAS (Centro de Referência da Assistência Social) no fortalecimento de vínculos e atualmente estou como Diretor do Centro POP (Serviço de Assistência Social Especializado para Pessoas em Situação de Rua).

Como sempre gostei de escrever, criei um *blog*, bem simples (www.aesertaozinho.blogspot.com.br), onde comecei a postar os textos que escrevia, explorado também as minhas redes sociais (Facebook e Instagram).

Os textos publicados começaram a ganhar notoriedade e a serem utilizados nos grupos de apoio do Amor-Exigente em todo país e também nos vizinhos Uruguai e Argentina. Fui convidado a escrever para o encarte especial da *RevistAE* da Federação de Amor-Exigente. Já são quatro anos de colaboração com esta revista, com muita honra.

Eu, que até então palestrava na minha cidade e entornos, comecei a receber convites para palestras em todo o território brasileiro. Além de escrever, palestrar é minha outra paixão. Em todos os lugares aonde vou, e nos comentários recebidos nas postagens, sempre o incentivo para que eu transformasse os textos em um livro, e aqui está.

Trago neste livro os textos referentes à educação preventiva e assertiva, frutos dos meus conhecimentos adquiridos através da participação ao longo de 27 anos como voluntário no Grupo Amor-Exigente de Sertãozinho/SP, das experiências adquiridas na minha passagem pelo Conselho Tutelar e CMCDA, as vivências trabalhadas no CREAS e CRAS e mais recente, no Centro POP.

Antoine de Saint-Exupéry, no livro *O pequeno príncipe*, cita que "Todos aqueles que passam por nós não vão sós. Deixam um pouco de si, levam um pouco de nós". Trago neste livro um pouco de mim, e do muito que recebi de todos aqueles que passaram por mim e a cada um, minha gratidão. Vocês me fizeram ser o que hoje sou.

"NUM SEI U QUI FAZÊ, SÓ SI EU MATÁ"

Certa vez, em visita a uma escola da nossa cidade, uma professora me mostrou o caderno de um aluno do quarto ano. Como ele apresentava vários problemas na sala de aula e a mãe não comparecia às reuniões de pais, a professora decidiu escrever um bilhete no próprio caderno do menino, endereçado à sua responsável: "Mãe, precisamos da sua ajuda em relação ao seu filho. Ele não está fazendo as tarefas de casa, briga com os colegas de classe, não se interessa pelas matérias e não respeita os professores". No dia seguinte ele retornou trazendo a resposta da mãe, escrita a lápis com a ponta grossa: "Num sei u qui fazê, só si eu matá".

Esta mãe, em sua simplicidade e pouco estudo, demonstrado pela dificuldade na escrita, evidenciou uma realidade presente desde as classes mais desfavorecidas até em famílias de padrão elevado, que é o desafio de educar filhos da atual geração. Muitos pais e mães possuem acesso a muitas informações, escolaridade de nível superior, alguns exercem cargos de chefia ou supervisão de pessoas, no entanto, em se tratando da educação dos filhos, sentem-se como a mãe desse aluno, ou seja, perdidos e sem saber que rumo tomar.

Como não existem escolas para formação de pais e os filhos não chegam com manuais de instrução, cada um se vira como pode. Entre as técnicas mais utilizadas pelas famílias estão aquelas que reproduzem a educação recebida dos pais, porém precisamos compreender que a criança de hoje não é a criança que fomos há vinte ou trinta anos. O mundo mudou muito e os pequenos sofreram os reflexos dessas mudanças.

A educação da atual geração exige uma adaptação às novas realidades, eliminando velhos discursos – no meu tempo era assim –; este tempo ficou no passado, não existe mais. O que funcionou naquela época pode não funcionar mediante as novas realidades de hoje.

Um exemplo de reprodução de métodos do passado, ainda muito enraizado no presente, é o uso da agressividade na educação das crianças. Muitos pais não conseguem visualizar nenhuma forma de educação que não seja por meio do uso de palmadas, chineladas, cintas e, por vezes, até agressões capazes de deixar marcas. Esta forma rudimentar de educação nada mais é que uma demonstração do analfabetismo familiar em relação a métodos educativos. Este grupo de pais reclama que não pode mais educar porque não pode bater. É óbvio e evidente que os pais podem, devem e precisam educar, mas a nova criança exige novos tipos de abordagem, algo mais funcional, assertivo e adequado para esta geração antenada e questionadora.

Há ainda os pais que se enquadram no grupo dos apáticos em relação às suas responsabilidades como pais. Não esboçam qualquer ação ou atitude para nortear as condutas dos filhos e vivem transferindo responsabilidades, como se a escola é quem deveria educá-los. Para compensar as ausências enchem as crianças de presentes e brinquedos.

Os filhos da atual geração tecnológica já nascem diante da TV e ganham o primeiro celular ou *tablet* nos primeiros anos de vida. A educação desta nova criança exige muito mais empenho e atenção dos pais, principalmente em uma época em que a cada dia crescem ainda mais as armadilhas da vida, como a oferta das drogas, o consumo precoce do álcool, a rebeldia adolescente, as gangues, a criminalidade, a gravidez na adolescência, a violência, as ameaças dos desafios de internet etc. Diante dessa nova realidade, se desejamos formar filhos saudáveis em meio a tantos perigos, precisamos buscar informações e adquirir conhecimentos. Precisamos acordar. Vivemos um tempo em que não dá mais para assistirmos aos filhos crescerem sem que nada façamos, esperando para ver o que acontece, contando com a sorte. Precisamos nos conscientizar da necessidade e da importância de buscarmos capacitação para exercermos com funcionalidade a nossa missão de pais e, assim, fazermos dessa tarefa não um pesadelo, mas algo prazeroso, cientes de que nossos filhos são nossa responsabilidade e sua educação é nosso dever.

ASSERTIVIDADE, UM JEITO INTELIGENTE DE EDUCAR

"Eu amo você, mas não aceito o que você faz de errado". Essa frase, muito difundida pelo Programa Amor-Exigente, exemplifica perfeitamente o que é um comportamento assertivo, ou seja, uma pessoa assertiva é aquela que possui comportamentos equilibrados.

Todas as vezes que nos dirigimos a um filho utilizando a expressão "eu amo você", externamos um comportamento que não é agressivo, não é estúpido, nem grosseiro, muito menos violento. Ao concluirmos que não aceitamos e não concordamos com aquilo que fazem de errado, assumimos uma posição de não passividade, não acomodação. Esse é um comportamento assertivo, ou seja, não é agressivo e nem passivo.

Adotar um comportamento assertivo na educação dos filhos significa agir com responsabilidade, manifestando todo amor, carinho, atenção, cuidado e proteção, elogiando sempre que existir um mérito, mas ao mesmo tempo posicionando-nos com firmeza em relação aos comportamentos que não são adequados, adotando as atitudes necessárias para sua correção.

Uma pessoa assertiva não é acomodada, assume as responsabilidades que lhe cabem, sem transferi-las a outros. Possui a personalidade necessária e a firmeza para defender seus princípios. Sabe fazer uso da sua autoridade, porém sem abusar do poder. Quando falha assume seus erros e busca sua correção.

O assertivo lida com os conflitos e as crises com discernimento e sabedoria, mantendo a calma, mesmo diante do caos. Possui atitudes e atua rapidamente na busca da solução dos entraves. Possui domínio sobre si mesmo, e age segundo suas convicções, em vez de apenas reagir.

Aqueles que se apoderam desse comportamento sabem os significados das palavras "sim" e "não", utilizando-as sem perder seu autodomínio. Sabem dizer "não", primeiramente para si mesmos: não, isso eu não posso; não, isso eu não aceito; não, isso eu não quero. Em relação ao outro, o assertivo sabe dizer sim, sempre que possível, mas também sabe dizer não, quando necessário e, mais importante ainda, consegue mantê-lo com firmeza, mesmo diante de uma birra ou de uma insistência perturbadora.

Ser assertivo significa possuir o controle sobre si mesmo, e o autodomínio é extremamente importante para conquistarmos o respeito necessário para a construção de uma educação preventiva em relação aos nossos filhos.

O amor também precisa ser sábio e a assertividade é um jeito inteligente de amar e educar.

DA INFÂNCIA PARA A VIDA TODA

Júnior ainda não nasceu. A mãe está nas últimas semanas de gestação e a família se prepara para a chegada do pequeno. O pai, torcedor fanático de um grande clube de futebol, já providenciou os presentinhos. Comprou um lençol com o símbolo do time, uma minúscula camisa com o número dez às costas e não esqueceu do short e da toalhinha de banho, também com a estampa e cores do clube.

Quando vier ao mundo, o pai não medirá esforços para transformá-lo em mais um torcedor do seu time do coração. Assistirá aos jogos na TV ao lado do filho e durante a partida usará todo seu argumento para convencê-lo de que aquela equipe é a melhor, a superior. Quando possível, levará a criança consigo ao estádio de futebol para que ela sinta de perto a vibração da torcida. Com tanto empenho é praticamente certo que o filho será torcedor do mesmo time para quem o pai torce.

Esse relato nos mostra o quanto nós, pais ou mães, ainda exercemos grande influência sobre a formação dos nossos filhos, principalmente se nos empenharmos e começarmos o mais cedo possível.

Crianças aprendem aquilo que vivenciam e aquilo que transmitimos nos primeiros anos de existência costuma marcar toda a sua vida. Portanto, não devemos perder a grande oportunidade de plantar, na base de formação dos nossos filhos, valores de integridade moral e ética, princípios que servirão de norte para toda a sua existência.

É com a mesma vontade, dedicação, empenho e esforço demonstrados pelo pai torcedor que devemos nos empenhar para fazer dos nossos filhos, pessoas íntegras e de caráter, cientes de que se não o fizermos, futuramente corremos o risco de nos tornarmos as principais vítimas de filhos sem escrúpulos.

Na formação da base precisamos ensinar valores como o respeito a si próprio e aos outros, o fortalecimento da autoestima, o desenvolvimento do senso crítico, a valorização da capacidade de fazerem boas escolhas, entre outros. Mas, dentre todos, não podemos perder a oportunidade de marcar a formação dos nossos filhos com a essência de Deus em sua vida.

O pai torcedor, com raríssimas exceções, fará do filho mais um torcedor do clube de sua preferência e ninguém depois o convencerá de mudar de time. Fazendo um comparativo, precisamos marcar a formação dos nossos filhos tão intensamente para mais tarde não corrermos o risco de perdê-los para as drogas, para a marginalidade ou para as ruas.

CONSERTE O SEU TELHADO ENQUANTO NÃO CHOVE

Adotar uma educação preventiva, em relação aos filhos, é como consertar o telhado da nossa casa. Não é durante a chuva o momento ideal para corrigirmos as goteiras, mas enquanto ainda faz sol. Não é quando os filhos crescem e criam problemas o melhor momento para educá-los, mas enquanto ainda são pequenos.

Por vezes sabemos que o telhado precisa de uma revisão, mas enquanto não chove postergamos o reparo. Não é diferente em relação aos filhos. Por vezes notamos pequenos desvios comportamentais, sabemos que precisamos agir, mas empurramos o problema com a barriga, na ilusão de que o tempo se encarregue de resolvê-lo.

Na chegada da chuva lamentamos não haver corrigido o problema do telhado. Isso se assemelha em relação aos filhos. Aos sermos surpreendidos por comportamentos totalmente desajustados lamentamos nossa falta de ação quando não passavam de pequenos deslizes.

Prevenção é isso. Corrigir as goteiras enquanto faz sol para não precisarmos trocar o telhado na chuva. Não devemos tapar os olhos para os pequenos desvios comportamentais, pois se não corrigidos eles crescem e ganham intensidade. Uma birra não deve ser vista como coisa de criança. Uma palavra ofensiva dirigida aos pais não deve provocar risos.

Uma agressão a um colega de escola não pode ser aplaudida. Um objeto estranho trazido para casa não deve ser ignorado.

É óbvio que mesmo após um problema instalado devemos atuar visando a sua correção, mas será como consertar a cobertura durante a chuva. Vamos precisar encarar o desafio, subir no telhado e nos molhar. Vamos correr o risco de sofrer uma queda ou, no mínimo, ganhar um resfriado. Da mesma forma, é possível corrigir grandes desvios de comportamento, mas não sem muita luta e sofrimento.

É nos momentos de estiagem a melhor hora de verificarmos nossa cobertura, mas muito mais importante que o telhado é a educação dos nossos filhos. Precisamos assumir nossas responsabilidades educativas enquanto ainda são pequeninos, antes que as goteiras dos comportamentos inadequados se transformem em uma gigantesca cachoeira.

O AMOR TAMBÉM PRECISA SER SÁBIO

O amor é uma das características mais belas e puras que o ser humano pode manifestar, e talvez não haja sentimento maior que o amor de pais em relação aos filhos. Entretanto, somente amá-los não é suficiente para protegê-los das armadilhas da vida. Por isso, além de belo, o amor também precisa ser sábio.

Quem ama um filho, cuida, protege, luta e batalha por ele. Por amor, verdadeiros pais se arriscam, viram feras e até são capazes de dar a vida por suas crias. E isso é fabuloso. Entretanto, no intuito de transmitir esse sentimento aos filhos, muitos extrapolam os limites da normalidade, adotando atitudes de extrema permissividade, tornando-se superprotetores e, com isso, em vez de proteger, fragilizam; em vez de levar ao crescimento, aniquilam; em vez de desenvolver a autonomia, reprimem.

Não podemos criar uma ideia equivocada sobre o amor. Amar não significa aceitar todo e qualquer comportamento inadequado dos filhos. Amar não pode e nem deve ser utilizado como desculpa para justificar o medo de dizer-lhes "não", quando isso for necessário. Amar não significa aceitar passivamente ser maltratado, ofendido ou hostilizado por eles. Amar não é atender a todos os seus caprichos descabidos. Amar não significa deixá-los à mercê das suas próprias vontades. Amar não significa fazer pelos filhos aquilo que eles mesmos possuem condições de fazer. O verdadeiro amor é aquele que educa, orienta e prepara para a vida.

Muitos pais, na ânsia de compensar as ausências, buscam conquistar os filhos enchendo-os de coisas, objetos, presentes, festas etc. e esquecem que a verdadeira essência do amor não está na quantidade de coisas que lhes proporcionamos, mas sim em pequenos gestos e atitudes. Um elogio, quando merecido, um fazer juntos, um diálogo agradável, um ouvir atentamente, uma demonstração de respeito, de carinho e de atenção nada custam.

Quando o nosso amor é transmitido através de gestos e atitudes equilibradas, favorecemos o desenvolvimento da empatia nos filhos, conquistando o respeito e até mesmo o amor deles. Entretanto, quando essa conquista é buscada apenas materialmente, o que prevalece é a frieza nos relacionamentos.

Exercer o papel de pais, por vezes, exigirá de nós uma postura firme, usar nossa autoridade, estabelecer limites ou contrariá-los, e isso também é uma grande demonstração de amor, pois mostra o quanto nos preocupamos com o bem-estar deles. Mostra que estamos presentes, que tomamos decisões e atitudes visando proporcionar-lhes uma vida plena.

O Programa Amor-Exigente possui como um dos seus lemas a seguinte ideia: "Eu amo você, mas eu não aceito aquilo que você faz de errado". Essa colocação é fantástica, pois separa a pessoa do comportamento. Nossos filhos, como pessoa humana, são queridos e plenamente amados com toda nossa força e intensidade, mas não somos obrigados a amar aqueles comportamentos que desaprovamos. E como amamos tanto, exigimos de cada um deles o seu melhor.

CUIDADO COM O BICHO PAPÃO

Júnior, apesar da forte inflamação de garganta, se recusava a tomar o medicamento. A mãe, como estratégia de convencimento, utilizou como argumento, uma pequena mentirinha. – "Toma filho, esse remédio é gostoso e docinho". A criança, ao colocar o anti-inflamatório na boca, percebeu que ele não tinha nada de docinho; pior que isso, percebeu que foi enganado pela mãe.

A confiança nos pais é um dos fatores essenciais para uma educação assertiva e funcional e somente conquistaremos isso fazendo uso da verdade; caso contrário, não seremos levados a sério. As pequenas mentirinhas, mesmo aparentemente inofensivas, criam na cabeça dos pequenos uma certa confusão, e, assim, eles poderão encontrar dificuldades para distinguir quando falamos a verdade e quando mentimos, sem saber em qual momento poderão confiar e acreditar nos pais.

É nossa função, como pais, exercer nosso papel de orientador e educador dos nossos filhos, e se desejamos sucesso nesta difícil missão, devemos orientá-los em relação a tudo aquilo que representa um perigo para a sua existência. Porém, não basta apenas orientá-los. Para o sucesso dessa missão é necessário, entre outros fatores, o uso da verdade e da coerência em relação ao que falamos e ao que fazemos. Não existe coerência, por exemplo, orientar os filhos sobre os perigos que o consumo abusivo do álcool representa se abusamos do uso desse produto.

Muitas mães e pais, cujos filhos se envolveram com o uso das drogas, relatam certa frustração, alegando não compreender o porquê do envolvimento dos filhos com tais substâncias, tendo em vista que sempre procuraram orientá-los, dizendo que essas substâncias são nocivas, que fazem mal à saúde e que podem, inclusive, acabar com sua vida.

Seria simplório e ingênuo concluir que as pequenas mentirinhas sejam o motivo da dependência química de um filho. No entanto, devemos considerar que eles, acostumados a ouvir colocações dos pais que nunca se concretizaram, como, por exemplo, o perigoso bicho-papão nunca apareceu, o homem do saco não veio pegá-lo, o remédio não era gostoso como citado pela mãe, por que os filhos deveriam levar a sério a orientação de que as drogas realmente são perigosas? Essas orientações não lhe serviram de referências.

As ameaças vazias, muito utilizadas na educação dos filhos, também são uma forma de mentir. "Se você não estudar nunca mais te compro mais nada". "Se você continuar fazendo bagunça eu sumo desta casa". Eles sabem que isso não vai acontecer e, com isso, perdemos crédito. Diferente das ameaças vazias, as tomadas de atitudes são ações necessárias a uma boa educação. Portanto, só devemos estabelecer aquilo que estamos dispostos a cumprir e temos condições de manter.

O uso da verdade na educação dos filhos significa construirmos uma relação de confiança, onde os filhos sentem segurança naquilo que transmitimos e, com isso, as nossas orientações ganham peso e força. Nossos filhos, ao receberem nossas orientações, somente levarão a sério se sentirem credibilidade nas nossas afirmações.

PREVENÇÃO: FAMÍLIA, ESCOLA, IGREJA

"Eduquem os meninos e não será preciso castigar os homens". Essa frase citada por Pitágoras, há aproximadamente 500 anos antes de Cristo, continua tão atual e verdadeira que parece dita ontem. Naquela época, Pitágoras já tinha razão. Se não investirmos, hoje, em nossas crianças, como podemos esperar que no futuro se tornem pessoas de bem?

Não dá para falarmos em formação e educação dos pequeninos sem abordarmos sobre três instituições que são os pilares nesta construção: a família, a escola e a Igreja.

Dentre elas, a família é a primeira referência na vida das crianças. Os pais devem assumir suas responsabilidades de pais, agindo ativamente na educação dos filhos, sem transferir responsabilidades. Infelizmente, o mundo moderno tem prejudicado os contatos familiares. Assistimos, em nossos dias, a uma formação familiar trágica, que chamamos de família de desconhecidos, isto é, pessoas que vivem na mesma casa, habitam sob o mesmo teto e nada mais. Cada um em seu canto, assistindo a sua TV, usando seu celular ou absorvidos pelas redes sociais. Não sobra tempo para as interações familiares.

Outras famílias são tão ausentes ou permissivas que transformam seus filhos em crianças órfãs de pais vivos, não assumem as responsabilidades que são suas e deixam os pequenos à mercê de si mesmos. Não tomam atitude alguma diante dos comportamentos inadequados dos filhos, são permissivos, facilitadores e tentam compensar a passividade com presentes e brinquedos.

O outro pilar e, não menos importante, são nossas unidades escolares. É óbvio que educar é missão dos pais, mas a escola não deve se colocar à margem disso, limitando seu papel em ensinar seus alunos. Pelo contrário, também é dever da escola atuar ativamente na construção do sujeito, complementando aquilo que é dever da família começar em casa. Sabemos que muitas de nossas crianças chegam nas salas de aula sem noção alguma de regras ou limites e a escola é a segunda chance de inserirmos estes princípios na vida dos pequenos.

O terceiro pilar são as Igrejas, independente de suas denominações. Cabe aos pais introduzir seus filhos nos ensinamentos religiosos e é missão das Igrejas cativá-los com a essência do Ser Superior. Tenho contato com várias comunidades terapêuticas e já ouvi muito dependente químico confessar que seu maior problema não eram as drogas, mas a falta de Deus em sua existência. As drogas, uma consequência.

A ausência ou a falha destas instituições na educação da criança poderá acarretar prejuízos a sua formação. Isso nos sinaliza sobre a importância que cada uma delas exerce na construção do sujeito. Sem referências educativas, resta aos meninos a rua, sem um norte que os guie tornam-se adultos, e, se falharem, não têm perdão: julgamos, condenamos e punimos.

FAMÍLIA DE DESCONHECIDOS

As correrias do dia a dia, o excesso de compromissos e obrigações, somados aos apelos tecnológicos têm favorecido o surgimento de um novo tipo de família, que costumo chamar de família de desconhecidos.

Os pais trabalham, participam de reuniões, possuem outras obrigações; os filhos vão à escola, participam de atividades diversas, outras vezes vão para a casa dos amigos e, assim, pais e filhos cada vez mais se isolam. O pouco tempo que resta para a família quase sempre é engolido pelas TVs, celulares e computadores.

As tecnologias dos tempos modernos possuem a incrível capacidade de aproximar quem está distante de nós. Através das redes sociais tornou-se tão fácil conversar com qualquer pessoa do planeta como se ela estivesse ao nosso lado. Recebemos informações instantâneas de qualquer pedaço da terra, porém essa mesma tecnologia que aproxima quem está distante, afasta e isola as pessoas que estão ao nosso lado.

As TVs se multiplicaram na casa ganhando cada vez mais espaço. Além da sala, atualmente elas ocupam cada quarto da residência e marca presença até mesmo na cozinha. Cada filho possui o seu celular carregado de recursos, e cada membro da família possui o seu canto, vive o seu mundo, no seu isolamento. Os cômodos se transformaram em ilhas.

Quem são nossos filhos? Do que eles gostam? Quais músicas curtem? Quem são seus amigos? Quais são seus medos? E seus sonhos? E eles conhecem os pais que têm? Sabem das nossas necessidades? Dos nossos desafios? Conhecem os nossos princípios?

Não estamos sugerindo o descarte das tecnologias. Elas são uma realidade, facilitam nossa vida e fazem parte do mundo atual. Porém não podemos permitir que elas nos engulam. Mesmo diante de tantos atrativos, precisamos reservar um tempo para que haja contatos familiares, em que os membros da casa consigam dialogar e se relacionar. Interagir é uma característica essencial para o fortalecimento dos vínculos afetivos.

Em geral, os pais só percebem que um filho está envolvido com drogas ilícitas, em média, após dois a três anos do início do consumo, ou seja, quando eles estão mergulhados no problema. No entanto, antes de eles apresentarem sinais visíveis do uso, começam a externar mudanças comportamentais, e só seremos capazes de identificá-las se conhecermos muito bem os nossos filhos e, para isso, precisamos preservar os contatos familiares.

Algumas regras simples facilitam essa relação em dias tão concorridos. Como já diziam os mais velhos, as refeições são sagradas. Entretanto, contam-se nos dedos as famílias que ainda preservam esse hábito. Temos assistido a cada membro se alimentando em horários ou locais diferenciados, com um detalhe: a TV continua ligada. Atenção: não queremos perder nenhum segundo da novela, da notícia ou do esporte e não nos damos conta de que estamos perdendo a preciosa oportunidade da convivência familiar. O horário das refeições é curto, mas todos precisam se alimentar. Podemos aproveitar esse momento para reunir a família no entorno de uma mesa, reservar tempo adequado para não engolir as refeições com correria, desligar TVs, eliminar celulares ao lado dos pratos, deixar os problemas, sermões e discussões do lado de fora e fazer desse um momento familiar.

Reservar tempo e espaço exclusivo para família, em que os seus membros troquem experiências, diálogos e contatos é de fundamental importância para o desenvolvimento dos vínculos tão necessários para a educação dos nossos filhos, lembrando que, se não dispomos desse tempo, lá fora nossos filhos encontrarão muitas pessoas mal intencionadas com tempo de sobra e ouvidos para emprestar-lhes.

O FANTÁSTICO PODER DA MESA DE JANTAR

Todos os pais que almejam uma convivência familiar harmônica, com fortes vínculos afetivos, tão importantes para uma educação assertiva e preventiva, devem começar fazendo suas refeições com a família reunida no entorno da mesa de jantar. Infelizmente, percebo que essa não é uma prática comum nos nossos lares. Cada um se alimenta a seu modo e em seu tempo. Um no sofá da sala, assistindo à televisão, com o prato nas mãos, outro no seu quarto, outro come qualquer coisa na rua e os membros da família se isolam, até mesmo no momento em que deveriam estar juntos.

Vivemos em uma época na qual o tempo nos parece curto demais. Os pais saem cedo para o trabalho, muitas mães também trabalham fora ou possuem seus afazeres. Os filhos estudam, participam de atividades e cursos, com isso o tempo que sobra para a convivência familiar é muito reduzido.

Mas ainda há uma certeza. Todos precisam se alimentar e podemos aproveitar e fazer desse um momento da família, realizando as refeições sentados à mesa. Mas é importante que seja, de fato, um momento da família, sem a interferência de TVs ligadas ou de celulares postos ao lado dos pratos.

É importante, dentro dessa regra, estabelecermos um tempo definido para a alimentação, aonde as pessoas, mais do que engolir correndo aquilo que é servido, possam agradecer e saborear a alimentação oferecida.

Não é hora de sermões, reclamações ou críticas, mas de abertura ao diálogo, de troca de contatos familiares. É uma grande oportunidade de plantarmos valores capazes de conduzir nossos filhos no caminho do bem, de marcarmos presença, deixarmos a nossa marca, introduzirmos valores e princípios familiares e, assim, fortalecermos os vínculos afetivos, que é, sem dúvidas, o principal fator de proteção na formação dos filhos.

Essa prática também nos permite enxergarmos, acompanharmos e observarmos nossos filhos. Somente quem os conhece muito bem e possui contato direto com eles são capazes de perceber pequenas nuances de mudanças comportamentais e, assim, orientar, ensinar e agir, se necessário.

O alimento servido na mesa de jantar, com a família reunida, além de alimentar o corpo físico, se bem aproveitado, possui o fantástico poder de fortalecer as relações, que é a base para a construção de uma família saudável e funcional.

CASTIGO NA EDUCAÇÃO DAS CRIANÇAS

O uso do castigo é uma atitude adotada por muitos pais como forma de educação dos filhos. Mas quais os limites dessa prática? Até onde a utilização desse método pode produzir resultados positivos e até onde ele pode ser prejudicial?

Todo comportamento inadequado apresentado pelas crianças deve ser corrigido e cabe aos pais, como responsáveis pelos filhos, nortear suas condutas, exercendo sua autoridade, sem abuso. Muitas vezes o uso do diálogo e do posicionamento firme é o suficiente, no entanto, existem certas ocasiões em que somente na base da conversa não surte efeito. É hora da ação.

É neste momento que muitos adotam os castigos. A palavra castigo, por vezes, soa pesado. Parece que cometeram um crime e, por isso, devem ser castigados. Mas essa atitude é uma forma de eles assimilarem que tudo aquilo que fazem de errado, resulta, como consequência, em uma perda, e quando utilizado de forma adequada pode ser sim uma ferramenta importante na educação dos pequenos.

No entanto, essa prática deve possuir um objetivo claro de educar. O castigo educativo é aquele que leva as crianças à reflexão, a repensar as suas falhas, a corrigir os seus erros, a perceberem que todo comportamento inadequado produz um prejuízo, e isso não se consegue com abuso da autoridade, com castigos físicos ou humilhantes.

Não há nada mais grotesco e arcaico que o uso da violência na educação das crianças. Esse tipo de castigo não tem nada a ver com educação. É apenas uma demonstração do desequilíbrio emocional de quem o pratica e ou a falta de recursos para educar. A essa carência costumo chamar de analfabetismo educacional, ou seja, pessoas que só possuem, como recurso educativo, a prática de atos agressivos. Como justificativa alegam que também apanharam quando criança.

Por outro lado, os pequenos devem conhecer a força da autoridade dos pais, sem necessariamente, precisar agredi-los. Eles devem saber quem está no comando e que não são eles. Tem hora que não basta mandar tomar banho, é preciso pegá-los firme pelos braços, transmitir a mensagem com firmeza e conduzi-los ao banheiro.

Ao utilizarmos o recurso do castigo, não devemos fazê-lo porque estamos nervosos, zangados ou estressados. O castigo educativo é aquele em que atuamos sem perder o nosso controle e o fazemos por amor e com objetivo claro de nortear uma conduta. Ele deve ser criativo, breve, não violento e, de preferência, estar associado à prática da atitude que desaprovamos. Além disso, as crianças devem saber o porquê estão recebendo uma punição.

Uma tarde sem TV, algumas horas sem internet, um período sem videogame, a perda de um passeio, uns minutos sentados para repensar as atitudes, um pedido de desculpas são atitudes mais eficientes que simplesmente provocar dor.

Cobrar para que eles limpem aquilo que sujaram ou exigir que guardem o que eles espalharam são exemplos de ações que não causam danos ou prejuízos a sua formação, e quase sempre é suficiente para perceberem o porquê do castigo e a refletirem sobre o que fizeram.

O castigo, quando provoca dor ou é humilhante, gera revolta, mas quando ele é estabelecido de forma equilibrada e coerente, acompanhado de uma boa conversa sobre o assunto, é um recurso poderoso na construção de uma educação assertiva e funcional.

FALANDO A MESMA LÍNGUA

A falta de entendimento do casal, em relação à educação dos filhos, é um dos fatores negativos para a construção de uma educação preventiva e assertiva. É de extrema importância que, em se tratando de filhos, os pais aprendam a falar a mesma língua.

Essa não é tarefa fácil, considerando as diferenças de opinião e as individualidades de cada um. É comum pai e mãe possuírem comportamentos opostos, por exemplo, enquanto um é mais exigente, o outro é permissivo; enquanto um é firme no posicionamento, o outro é facilitador. Enquanto um tenta estabelecer regras, o outro vive quebrando-as. O desafio é buscar um ponto de equilíbrio e essa construção exigirá que o casal aprenda a dialogar.

Na busca da unidade ambos devem opinar, colocar seu ponto de vista e também precisam ceder em alguns pontos. Porém, estabelecido o entendimento, é importante que se mantenham firmes nele. É desastroso para a formação da criança quando um dos pais toma uma decisão ou atitude e o outro a quebra. Isso mata a autoridade do companheiro e as crianças se acostumam a buscar pelo facilitador.

Outro ponto importante a ser destacado ocorre quando o casal, mesmo morando juntos, deixa que a educação das crianças seja direcionada a apenas um dos pais, normalmente a mãe. O ideal é que haja o envolvimento de ambos na condução dos filhos, no entanto isso não traz muitos problemas desde que aquele que se mantém na passividade não desautorize aquele que toma partido na educação dos filhos, não interferindo, destruindo ou modificando aquilo que ele decidiu. Se não ajuda, pelo menos que não atrapalhe.

Atualmente, a formação familiar é bastante variada. Muitas crianças são filhas de pais separados e, assim, excluindo os casos onde a guarda é compartilhada, a criança convive com um dos pais e passa períodos curtos com o outro. Casais se separam, mas os filhos continuam sendo filhos de ambos e, em se tratando da educação deles, os pais, mesmo que separados, devem continuar falando a mesma língua.

Educar as crianças da nossa geração é um grande desafio, cujo sucesso depende muito do envolvimento de ambos os pais, portanto o casal precisa construir parceria e não divisão. Os pais, ao partilharem do mesmo posicionamento em relação à educação que desejam transmitir aos filhos, contribuem significativamente para a formação de filhos saudáveis, mesmo em um mundo cheio de armadilhas.

CRIANÇA BIRRENTA

Quem de nós nunca assistiu a uma cena corriqueira em supermercados, onde a criança, após receber a recusa da mãe para pegar mais um docinho, se joga no chão, esperneia, grita, puxa os próprios cabelos, chora escandalosamente, enquanto a coitada, cercada por olhares alheios, não sabe o que fazer. Chamamos isso de crise ou conflito, ou seja, uma situação difícil e embaraçosa, na qual não sabemos bem como lidar. Algo que incomoda e nos deixa meio perdidos.

Ninguém gosta de se sentir incomodado ou de ser alvo de observações e comentários alheios e, exatamente por isso, o objetivo é livrar-se do transtorno instalado. Para tanto, a primeira atitude é tentar se livrar da crise estabelecida. No caso citado, basta satisfazer mais uma vez a vontade da criança, atendendo aos seus berros e proporcionando aquilo que ela deseja e tudo se acalma. Tudo resolvido. Tudo resolvido? Não exatamente.

Toda vez que, diante de uma birra ou choro histérico de uma criança, nós cedemos, nossa conquista limita-se à paz momentânea. No entanto, precisamos enxergar a educação da criança como um todo e nossa ação não deve se limitar a solucionar o problema apenas momentaneamente. Devemos levar em consideração a interferência de nossa atitude ao longo do tempo e analisar sua influência na educação futura dos nossos filhos. No livro *Mostrar caminhos*, o professor

Neube José Brigagão, sabiamente cita que "Crianças são um investimento a médio e longo prazo, e nós pais buscamos a paz momentânea".

Ao atendermos prontamente aos escândalos apresentados pelos pequenos, estimulamos, de forma negativa, que continuem fazendo barulhos. Eles interiorizam rapidamente que no grito são capazes de conquistar aquilo que buscam e assim tendem a intensificar o que desejam através da desestabilização dos pais.

Não devemos enxergar os momentos de crise apenas pelo lado negativo, como algo desagradável e perturbador, mas também como possibilidades educacionais e tirar proveito desses momentos de conflitos. Para tanto, é fundamental buscarmos um equilíbrio suficiente para não permitir que a histeria apresentada pelos pequenos nos tire do nosso domínio, pois isso é exatamente o que eles buscam, mesmo que inconscientemente.

A maior dificuldade para lidarmos com as birras e as pressões exercidas pelos filhos é a falta de paciência. Quando não a possuímos, cedemos; e toda vez que cedemos perdemos forças para o poder do grito infantil.

É fundamental estabelecermos regras e, dentre elas, transmitir à criança que, na medida do possível, atendemos aos seus pedidos, mas que no grito não vão nos dominar. Também precisamos mostrar a elas que o seu choro descontrolado e seus berros não nos desestabilizam e não irão nos convencer. Mesmo que sejam pequenos, quando a nossa decisão contrariar os seus interesses, devemos transmitir-lhes com clareza, olho no olho, que nossa resposta é "não" e nos mantermos firmes na decisão.

Outro fator que dificulta a correção das birras acontece quando os pais não possuem entendimento em relação à educação dos filhos. Sem unidade na decisão, cada um se posiciona de uma forma e a criança busca pelo facilitador. Falar a mesma língua é fundamental para corrigir as birras infantis, mesmo que o casal esteja separado.

Não podemos nos esquecer da vovó boazinha que, com toda a boa vontade do mundo, está sempre disposta a ceder para os pequenos. Quantas vezes os pais dizem não para mais um pedido dos pequenos e a avó cede. Precisamos conversar com ela e expor nossa tentativa de acabar com as birras e que esperamos contar com o apoio dela para o bem da criança.

Por fim, não devemos e não podemos esperar que os filhos cresçam para nos posicionarmos em relação as suas manhas e birras. A cada dia que postergamos atitudes, alimentamos a força dominadora e manipuladora dos pequenos. Se não conseguirmos controlar uma criança de três ou quatro anos, não será com quinze ou dezesseis que atingiremos o objetivo. Devemos administrar as pequenas crises com coragem, paciência e sem fugas, cientes da nossa responsabilidade na formação dos nossos filhos, e no futuro, certamente, colheremos os resultados das nossas ações.

A CRIANÇA NO SUPERMERCADO

Dizem que levar crianças ao supermercado é prejuízo no bolso e que o melhor é deixá-las em casa. Mas ao contrário disso, acredito que levá-las às compras é uma possibilidade educativa extraordinária.

São muitos os ensinamentos a transmitir aos pequenos durante as compras. É um ótimo lugar para ensinar noções de limites. No supermercado os pequenos estão diante de muitas tentações, mas como na vida ninguém pode tudo, eles também não podem sair pelos corredores limpando prateleiras e enchendo carrinhos. Existem regras e limites.

Podemos ensiná-las a fazer escolhas. Em uma lista de exigências com chocolates, biscoitos, balas etc. podemos pedir para que façam escolhas, dentro de um parâmetro preestabelecido. Se mais tarde não gostou do que escolheu, nada mais podemos fazer. É importante que aprendam os dissabores de uma escolha malfeita.

Também é um ambiente em que as birras se manifestam com maior intensidade e é o local ideal para ensiná-los que seus escândalos não nos comovem. Que estamos dispostos a analisar os seus pedidos, mas que no grito não conseguirão nos convencer.

Não é adequado fornecermos produtos para a criança consumir dentro do estabelecimento, com exceção feita às áreas de alimentação. Podemos ensinar que o produto só nos pertence após efetuarmos o pagamento no caixa. Nenhuma criança morre de fome durante uma compra. Além disso, em uma época fortemente marcada pelo imediatismo, é fundamental que aprendam a esperar por algo.

Dá para ensinarmos também a cooperação, por exemplo, permitindo que nos ajudem a escolher as frutas ou nos auxiliem com as sacolas, obviamente respeitando suas capacidades. Esse envolvimento é essencial para o fortalecimento dos vínculos afetivos, fundamentais para uma futura relação familiar sadia.

Quem busca a paz momentânea, melhor deixá-los em casa, mas não é esse o desafio de uma boa educação. Ao levarmos conosco podemos nos deparar com situações embaraçosas, como um choro histérico, uma birra perturbadora. Contudo, enfrentar esses desafios, enquanto ainda pequenos, é o que produz aprendizados, preparo para o futuro e autonomia. Portanto, não tenhamos medo: levemos nossos filhos ao supermercado.

NUNCA MAIS TE COMPRO MAIS NADA

"Nunca mais te compro mais nada!", grita a mãe logo após mais uma travessura do filho. É óbvio e evidente que ela não cumprirá sua ameaça. Nunca mais é tempo demais e, portanto, impossível de ser cumprido.

Tudo aquilo que uma criança faz de errado precisa ser corrigido, mas qual é o tempo ideal de um castigo aplicado como forma educativa?

Inicialmente, devemos compreender que não se aplicam castigos violentos ou humilhantes a uma criança. A aplicação de uma punição deve possuir um objetivo claro de educar, levá-la a compreender que todo comportamento inadequado gera um prejuízo, como por exemplo ficar sem assistir TV por um período, sem internet por um tempo, perder um passeio ou não andar de bicicleta por uma tarde etc.

Na aplicação das punições precisamos transmitir com clareza os motivos que nos levaram a tomar essa decisão e qual será o tempo de duração do castigo.

Sabemos que as crianças exercem pressão e mesmo pequenas fazem uso de chantagens emocionais para interrompermos o que foi estabelecido. Para isso precisamos de dois olhares. Um, sobre nós mesmos: até onde temos condições de suportar as pressões e chantagens dos pequenos, sem ceder? Se não conseguirmos manter aquilo que estabelecemos, perdemos crédito. O outro olhar é para a criança. A noção de tempo que os adultos possuem é diferente da noção de tempo de uma criança. Basta refletirmos um pouco sobre nós mesmos. O que aconteceu em nossas vidas dos oito aos dezoito anos? Quantas coisas. Pensem agora dos quarenta aos cinquenta, parece-nos muito pouco.

Quando éramos criança, um ano parecia uma eternidade, e hoje, parece-nos que o ano passa voando. A percepção de tempo da criança é diferente do adulto, por isso, e para uma melhor funcionalidade da aplicação de uma punição, ela deve possuir duração breve, dentro da capacidade e compreensão dos pequenos.

Precisamos ter clareza de que o objetivo do castigo é o de educar. Mais vale meia hora sem TV, sentados num cantinho para pensar, cuja aplicação conseguiremos manter, que ameaçar deixá-los tempo a fio sem sua diversão.

Também devemos cuidar para que não haja compensações logo após o cumprimento de uma punição. Se ela ficar meia hora sem TV e logo após ganhar um presente, ou um passeio divertido, ela pode assimilar o castigo como algo compensador.

É nossa responsabilidade ensinar para os filhos que todo comportamento inadequado gera um prejuízo. É melhor que aprendam isso dentro de casa, senão terão de aprender lá fora. Mas o mundo não ensina com o mesmo amor dos pais.

SABER PARA EDUCAR

Se olharmos para os dias atuais, quem possui maior poder de influenciar nossas crianças e jovens? Somos nós ou são as poderosas campanhas de mídia; são os pais ou os YouTubers de internet? Quem nossos filhos ouvem com maior atenção? Somos nós ou o seu grupo de amigos?

Em um passado recente, as crianças e jovens recebiam as orientações dos pais e não havia contestações. Aquilo que os pais transmitiam, por mais inocente que parecia, era aceito como uma verdade. Quantos anos foram necessários para descobrirmos que não existe bicho-papão?

Com os avanços tecnológicos nossas crianças e jovens desenvolveram a capacidade de questionar. Atualmente as nossas verdades confrontam com muitos outros pontos de vista, por vezes, muito mais atraentes e convincentes, porém nem sempre eles indicam a melhor escolha.

Mesmo assim não podemos nos omitir em relação às orientações e posicionamentos referentes à educação dos nossos filhos, mas dificilmente conseguiremos convencer alguém se não possuímos conhecimento sobre o assunto.

Precisamos ser ouvidos, mesmo em uma época onde as tecnologias consomem todo o tempo de interação familiar. Mais que sermos ouvidos, precisamos transmitir segurança em relação ao que pretendemos. Para tanto, não podemos nos alienar do momento atual, das realidades presentes, das mudanças de mundo. Se os filhos perceberem que os pais estão "por fora" dificilmente suas orientações produzirão efeitos positivos.

Não vamos conseguir sucesso com mentalidade retrógrada, sem abertura ao diálogo e com a mente presa no velho discurso "ah, se fosse no meu tempo!".

A tarefa de educar a atual geração exige dos pais uma busca constante pelo saber, pelo conhecimento e pelo aperfeiçoamento. Nossos ensinamentos somente terão peso quando um filho for capaz de nos ouvir com uma certeza: meus pais sabem sobre o que estão falando.

PALAVRAS QUE FEREM

Um certo dia, próximo ao final do ano, questionei um aluno dos anos iniciais se seria aprovado, e ele respondeu que não. "Mas você não estudou?", perguntei. E ele justificou: "Não adianta tio, meu pai falou que eu sou burro".

Crianças possuem uma enorme capacidade de internalizar as mensagens que recebem. Aquilo que transmitimos aos pequenos durante esta fase da vida, eles absorvem com grande facilidade e podem carregar ao longo da sua existência. Isso nos lança um alerta sobre a maneira como nos dirigimos a eles.

Ao serem insistentemente rotulados como burros, eles podem interiorizar isso como verdadeiro, e como consequência, apresentar dificuldades reais de aprendizagem.

O uso de ofensas verbais direcionadas a uma criança, mesmo não deixando marcas físicas, também é uma violência que deixa outras marcas, por vezes muito mais profundas e doloridas. Elas atingem o fundo da alma, e curar as feridas interiores nem sempre é possível.

Você é um burro. Você não presta pra nada. Você é um inútil. Você é a vergonha da nossa família. Você não faz nada direito. Você matará sua mãe de desgosto. Não sei onde eu estava com a cabeça quando engravidei.

Estes bombardeios dirigidos a uma criança destroem sua autoestima e uma baixa autoestima é um dos fatores citados por muitos dependentes químicos como motivo para iniciarem o consumo de substâncias ilícitas. O elogio que nunca recebem dentro de casa, por vezes eles encontram na rua. Porém o elogio recebido na rua pode conter interesses escusos, e por detrás deles pode haver armadilhas e propostas perigosas.

A criança atingida em sua autoestima é uma criança triste. Como consequência do bombardeio que recebe pode apresentar problemas de relacionamentos, desinteresse em desenvolver as atividades normais do seu cotidiano, buscar o isolamento e abandonar-se nos cuidados pessoais. Na medida em que crescem preferem permanecer mais tempo fora de casa que na presença da família.

Também, na medida em que crescem, começam a reagir. Podem apresentar problemas comportamentais e manifestar agressividades. Quando adultos tendem a reproduzir esse ciclo, repetindo com os filhos a mesma agressividade verbal de que foi vítima.

Por outro lado, não significa que vamos assistir aos comportamentos inadequados dos pequenos de forma passiva, sem chamar-lhes a atenção. Porém precisamos focar no comportamento que desejamos corrigir e tirar o foco da criança, como pessoa. Podemos e devemos ser firmes com os pequenos diante de um comportamento que precisa ser corrigido, mas não precisamos atacá-los com palavras ofensivas e grotescas.

ÓRFÃOS DE PAIS VIVOS

Muitos pais da nossa geração são tão ausentes na educação dos filhos que estamos assistindo ao surgimento de um novo tipo de orfandade: são os filhos órfãos de pais vivos, isto é, mesmo as crianças possuindo pai e mãe, parece que não os têm, pois estes não apresentam nenhuma atitude ou ação diante dos comportamentos desajustados dos pequenos ou terceirizam sua educação.

Nossos filhos são nossa responsabilidade e devemos exercer o nosso papel de pais de forma ativa e sem acomodação. No livro *O que é amor-exigente*, a senhora Mara Sílvia Carvalho de Menezes cita que "Pai é guia, orientador, legislador: deve nortear a conduta do filho, criando regras ou leis que precisam ser respeitadas e vão prepará-lo para enfrentar o mundo".

Essa responsabilidade não se constrói com falação ou ameaças vazias, mas com ações e atitudes. Os filhos rapidamente se acostumam com as ameaças que nunca se concretizam: "Se você fizer bagunça não vai sair com a gente". No entanto, ele apronta e mesmo assim sai. "Nunca mais te compro mais nada". Meia hora depois cedem e ele ganha mais um brinquedinho. A cada ameaça não cumprida cresce o descrédito na autoridade dos pais.

Mais do que falação, precisamos também de ação. Não é possível aceitar que o filho grite conosco e nos calamos; não podemos concordar que eles batam as portas do quarto sem nos manifestarmos; não dá para assisti-los quebrar objetos na casa e achar graça; não podemos permitir que façam birras e aceitar isso como "coisa de criança". É absurdo assistir ao filho pegar dinheiro na carteira do pai enquanto ele se mantém omisso. É preciso atitude. É preciso assumir o comando da casa.

Mas é necessário cuidado. Não podemos confundir tomada de atitude com agressões físicas, verbais ou castigos humilhantes que colocam a criança em situação aterrorizante. Na educação moderna não existe mais espaço para esses comportamentos grotescos. Uma tomada de atitude é o exercício da autoridade com responsabilidade, com postura firme e equilibrada.

Nossas ações devem possuir, como objetivo, fazer com que a criança perceba que os seus comportamentos inadequados não são aceitos e, caso insistirem neles, sofrerão, como consequência, um prejuízo. Porém não pode ser algo que traga qualquer tipo de dano ou problema para o filho; pelo contrário, deve ser uma ação consciente que o leve a um direcionamento de suas condutas.

Lembro-me certa vez, enquanto minha filha, na ocasião com uns cinco anos de idade, tomava um refrigerante e andava de bicicleta em frente a nossa casa. Assim que esvaziou o pequeno frasco, ela o arremessou no meio da rua. Pedi, então, que o pegasse e levasse ao lixo. Porém ela apanhou a garrafinha e ao invés de levá-la ao cesto, preferiu arremessá-la em um bueiro existente na nossa esquina. Chamei-a e conversamos sobre o que ela havia feito de errado e que, devido a sua conduta, naquele dia havia encerrado a brincadeira. Claro que ela queria mais e até chorou, porém mantive minha posição: "Hoje não".

O objetivo dessa atitude foi mostrar a ela que ao fazer algo errado existe um prejuízo. Não fui rude, nem violento, sequer precisei gritar; apenas tomei uma atitude. Passado algum tempo me deparei com situação semelhante e, sem que eu pedisse, assim que terminou de beber o suco, ela se dirigiu ao cesto e depositou lá o frasco vazio.

O diálogo é muito importante na educação dos filhos e muitas vezes basta explicar para a criança, de forma firme, que não aceitamos determinados comportamentos e tudo se resolve. Porém, existem situações em que se faz necessária a ação.

Os pequenos desvios de comportamento merecem atenção, pois se não corrigidos crescem, e a melhor forma de prevenir que futuramente não apresentem grandes desvios de conduta começa pela correção das pequenas falhas. Entretanto isso só é possível quando assumimos ativamente nossas responsabilidades de pais, não deixando nossos filhos à mercê da própria sorte.

IMEDIATISMO E INSATISFAÇÃO

Muitos de nós, pais, que tivemos uma infância difícil e com poucos recursos, não queremos que os filhos passem pelas mesmas dificuldades pelas quais passamos e, para poupá-los, transformamos os seus desejos em direitos, atendendo de forma imediata a todos os seus pedidos e, com isso, estamos colhendo resultado contrário. Quanto mais proporcionamos coisas, sem nada deles cobrar em troca, mais insatisfeitos ficam.

É para hoje. Eu quero agora. Na recusa, um choro, uma birra, um escândalo e cedemos. Não estamos conseguindo ensiná-los a esperar. "Quando ele quer, tem que dar logo, senão ele não sossega", reclama uma mãe, e assim eles vão se acostumando ao imediatismo e na mesma velocidade com que ganham, abandonam, deixam num canto, não curtem e nem valorizam e estão prontos para manifestarem outros desejos.

Quando éramos crianças não era assim. Lembro-me dos dias natalinos, onde aguardávamos pelo nosso presente com grande ansiedade, mesmo que fosse algo bem simples, e com um detalhe: ele só vinha mesmo naquele dia. Havia um ritual de espera, e criávamos grande expectativa. Ao recebê-lo a satisfação e alegria eram imensas. Atualmente nossas crianças ganham tantos agrados nos dias que antecedem o natal que o presente oferecido no dia da festa é recebido com frieza e indiferença.

Outro fator interessante é o merecimento. Nem sempre a criança merece ganhar o presente. Não estudou como deveria, gritou com a mãe, bateu a porta do quarto, demorou duas horas para ir ao banho, agrediu o irmãozinho e no final do dia ganhou mais um presente? Isso se chama injustiça.

Com todos os desejos atendidos de forma imediata e sem esforços muitos chegam à adolescência e juventude sem que nada mais lhes seduza. A vida perdeu a graça. Tem tudo, o que mais podem ganhar? Neste processo pode surgir a busca por algo novo, novas experiências, novas aventuras. Nessa busca, muitos encontram armadilhas que poderão custar-lhes muito caro.

Independente dos nossos recursos financeiros, devemos ensinar nossos filhos a esperar por algo, a cobrar deles algo em troca, fazê-los sentirem-se responsáveis pela conquista e, se não houver merecimento, não devem ser presenteados.

Não tenho nenhuma dúvida em afirmar que quanto mais proporcionamos algo aos filhos, sem que nada deles cobrarmos em troca, mais eles viverão em estado de insatisfação total. Existe algo ainda melhor que o próprio presente: a satisfação por tê-lo recebido e o mérito por havê-lo conquistado e não temos o direito de tirar isto deles.

EDUCAÇÃO NÃO VIOLENTA

Enquanto tomava seu leite, Júnior deixou que o copo tombasse sobre o tapete e a reação da mãe foi imediata. De posse de um chinelo, golpeou uma boa chinelada no bumbum da criança, que por sua vez a desafiou: "Não doeu!". O comportamento desafiador do menino provocou ainda mais a ira da mãe, fazendo com que ela golpeasse outras vezes. Quando voltou a si, percebeu que havia agredido o filho de forma muito violenta, cujas lesões precisaram de atendimento médico.

Temos observado, com muita preocupação, a defesa do uso das palmadas e chineladas na educação das crianças, sempre com o mesmo argumento: é preciso educar. Mas será mesmo que é necessário provocar dor para educar? Será que os pais que não batem em seus filhos estão criando cobras?

Não concordamos com isso. Precisamos compreender que quem utiliza as palmadas ou chineladas está muito próximo de aplicar uma surra, isso porque elas não são aplicadas de forma consciente visando à educação dos filhos, mas sim movidas por uma reação, resultante da falta de paciência, intensificada pelo estresse de dias conturbados. Pais irritados e raivosos comumente descarregam a ira na criança, que é frágil e não consegue se defender. Como a criança sente dor e tem medo, quando apanha, se cala, criando a falsa sensação do objetivo alcançado.

Não podemos limitar nossa visão e método educativo exclusivamente no uso da agressão. Imaginar que é preciso bater para educar significa pensar pequeno demais diante das infinitas possibilidades e alternativas de ações educativas.

Agredir uma criança, mesmo com o objetivo de educá-la, nada mais é que a pura demonstração do analfabetismo educacional que vivem os pais. Quando defendemos a argumentação de uma educação sem agressões, não significa que somos contra a educação dos filhos; pelo contrário, é responsabilidade dos pais educá-los e corrigi-los, nortear suas condutas. Porém, necessitamos buscar alternativas mais eficientes nessa tarefa, alternativas mais funcionais para a época em que vivemos.

Filhos não precisam ter medo de seus pais, mas respeitá-los. A relação entre pais e filhos baseada no medo possui data limite para acabar, considerando que os filhos crescem e, assim que as forças se equiparam, o medo cede lugar aos confrontos, enquanto as relações baseadas no respeito são para toda a vida. O importante é que os filhos respeitem seus pais durante toda a sua existência e não apenas enquanto sentem medo de suas reações.

EDUCAÇÃO COM AUTORIDADE

Certa vez, durante uma palestra para um grupo de mães, tratávamos da importância da autoridade na educação das crianças, quando uma participante nos relatou que vivia com seu marido e um filho de cinco anos. Segundo ela, todas as vezes que o companheiro saía de casa, transmitia a seguinte mensagem ao menino: "Papai está saindo, agora você é o homem da casa". Este poder transmitido ao garoto fazia-o se sentir poderoso e arrebentava com a autoridade da mãe.

Vivenciamos um passado recente em que o autoritarismo era marcante e na educação das crianças não havia espaço para flexibilidades. Esse tipo de comportamento não se encaixa mais na educação moderna, com todas as mudanças de mundo que acompanhamos, e por isso precisava ser interrompido. Entretanto, a autoridade deveria ser preservada, o que não aconteceu. O que precisava ser interrompido era o autoritarismo, mas, sem que déssemos conta, perdendo também nossa autoridade.

Para agravar ainda mais, muitos pais começaram a se relacionar com os filhos, tratando-os mais como "amiguinhos" e esqueceram que, antes de serem seus amiguinhos, são pais e precisam exercer o seu papel de pais, assumindo as suas responsabilidades.

Sem isso, estamos sujeitos a vivenciar duas tristes realidades: a primeira é uma inversão de papéis, onde quem manda, quem dita as regras, quem reina na casa são as crianças, enquanto os pais apenas obedecem; e a segunda, e não menos preocupante, favorecemos a criação de uma geração de filhos órfãos de pais vivos.

Mas a conquista da autoridade não cai do céu. É uma busca que exige empenho e que precisa começar o mais cedo possível, pois recuperá-la depois de perdida é tarefa dificílima.

Muitos pais vivem intensos conflitos relacionais e, sem poupar palavras, ofendem-se mutuamente. "Sua mãe é uma burra", resmunga o pai. "Seu pai é um 'banana'", reclama a mãe. Como esperar que uma criança respeite a autoridade da mãe se está sendo plantada na sua mente em formação a imagem de uma mãe burra? Como esperar que a criança respeite a autoridade do pai se está interiorizando a imagem de um pai "banana"?

Outro fator essencial para o exercício da autoridade e que a difere do autoritarismo é o poder do exemplo. É complicado desejar que os filhos sejam equilibrados se vivemos em estado de loucura. É missão dificílima aconselhar os filhos em relação ao abuso de álcool se eles assistem ao consumo abusivo dos pais. É tarefa complicada colocar Deus na vida dos pequenos se não vivemos uma espiritualidade. Não é fácil fazer com que as crianças se dediquem à leitura se eles nunca veem os pais com um livro nas mãos. Mas precisamos entender que não basta dar exemplos. É preciso ser modelo e cobrar resposta. Se não quero que meus filhos deixem o calçado no meio do corredor, primeiro cuido dos meus e depois, com autoridade, cobro para que façam o mesmo com os deles.

Outro ponto fundamental na conquista da autoridade é a clareza e a firmeza nas decisões tomadas. O sim dos pais precisa ser sim, mas quando a resposta exigida for um não, ela precisa ser mantida com posicionamento claro e firme, mesmo diante do choro, das birras ou da insistência perturbadora com que eles reclamam. Quando cedemos facilmente diante das pressões recebidas, transmitimos aos filhos uma mensagem não verbal: pressionem que cedemos.

Só não podemos confundir as coisas. Não conquistamos autoridade com agressões ou violências, com barulhos ou gritos e nem através de comportamentos hostis, grosseiros ou estúpidos. Autoridade não é algo que se impõe, mas sim uma conquista que exige respeito, ao mesmo tempo que cobra respeito, fazendo desse comportamento o norte do relacionamento familiar e, finalmente, quando a autoridade é exercida com equilíbrio, coerência e responsabilidade, os pais certamente serão os melhores amigos dos seus filhos.

O EXCESSO DE TUDO FAZ TÃO MAL QUANTO A FALTA DE TUDO

Muitos pais da atual geração tiveram uma infância difícil, em que precisaram conviver com recursos escassos. Ao longo do tempo, com dedicação, trabalho e esforço, muitos conquistaram melhores condições de vida e, assim, começaram a trabalhar forte para que os filhos não passassem pelas mesmas dificuldades pelas quais passaram.

Com isso, muitas crianças cresceram condicionadas a ganhar fácil, atendidas em seus desejos de forma imediata, mesmo sem merecimento algum. Chegaram à adolescência com todos os seus desejos atendidos: presentes em excesso, roupas aos montes, viagens sem limites etc.

Muitos chegaram a essa fase da vida e já experimentaram de tudo. Ironicamente, mesmo com todos os desejos atendidos, vivem um processo de insatisfação total. Buscam por mais, novos desejos, novas experiências, novas aventuras. Nessa busca muitos perdem os rumos e se complicam.

Acostumados aos excessos, sem noções de limites, interiorizam a ideia de que todas as suas vontades devem ser atendidas imediatamente. Desejam tudo para já e possuem uma grande dificuldade em receber um não como resposta. Ao crescerem almejam sucesso rápido, buscam pelo prazer imediato e sem esforços. Nessa busca muitos se perdem. Na busca pelo prazer imediato muitos encontram as drogas que, infelizmente, possuem esse poder, e a obsessão pelo dinheiro fácil e rápido pode levá-los a buscar isso de forma ilícita.

Contudo, cada um proporciona ao filho aquilo que pode. Quem possui condições financeiras privilegiadas pode sim proporcionar-lhes boas condições de vida. Não há nenhum problema nisso. O problema está no desequilíbrio, nos excessos de tudo, na ausência dos "nãos" quando necessário.

Aqueles que não aprendem noções de limites dentro de casa costumam se testar fora dela. Para tanto, muitos bebem até perder a consciência, outros dirigem em alta velocidade. Há aqueles que buscam os seus limites nas drogas.

Precisamos ter claro que os excessos não são mecanismos que trazem felicidade, e não devemos enxergar limites como barreiras paralisantes que limitam as ações ou a vida dos nossos filhos. Instruindo-os dentro de casa sobre noções e respeito aos limites, estamos educando para que sigam em frente, conquistem, superem os seus desafios com determinação, mas também com segurança. Educamos para que busquem seus objetivos, conquistem o seu espaço, porém sem se destruírem.

Portanto, das muitas coisas que planejamos proporcionar aos nossos filhos, não podemos deixar de fora noções claras de limites, pois limites são, acima de tudo, uma proteção, e o excesso de tudo faz tão mal quanto a falta de tudo.

E OS FILHOS BONZINHOS, COMO FICAM?

O núcleo familiar que convive com um dependente químico inserido em seu meio vê toda a sua estrutura abalada e como consequência vivencia sofrimentos profundos, onde a culpa, o medo, o desespero, a angústia, entre outros, passam a fazer parte do seu cotidiano. Em geral, perdem a alegria de viver e, não raro, buscam o isolamento. Os pais adoecidos pela codependência concentram todas as suas atenções ao filho problema, esquecendo-se de si próprios e também daqueles filhos considerados bonzinhos.

Muitos deles, ainda crianças ou mesmo adolescentes, não ficam imunes às consequências do problema. Primeiro, porque sofrem ao acompanharem a dependência do irmão. Sofrem, ainda, porque acompanham o sofrimento dos pais e, como não dão trabalho, não chamam a atenção e acabam esquecidos dentro da própria casa, tornando-se pessoas invisíveis aos olhos dos pais.

Esses filhos, que não apresentam problemas sérios, também precisam de carinho, de atenção, de cuidado e, como não apresentam condutas desajustadas, assistem a toda a atenção dos pais concentrada no filho adicto, que faz barulho, que grita, que reclama, que ameaça. Os "bons filhos" desejam viver, sair, passear, divertir e nunca encontram seus responsáveis com disposição para acompanhá-los. Porém, basta o "filho problema" fazer uma queixa, uma cobrança que imediatamente é atendido. A concentração no dependente, somado ao medo de contrariá-lo, torna-se tão intensa que os pais não possuem mais ouvidos para os filhos "certinhos". O diálogo torna-se escasso e, em casos mais severos, chegam ao absurdo de esquecerem até mesmo a data de seus aniversários.

Quaisquer queixas ou pequenos problemas que eles apresentam passam despercebidos e não são levados a sério, pois são considerados pequenos e sem importância, comparados com ao problemão enfrentado com o filho usuário.

Como os pais concentram todo o foco no filho dependente químico, não conseguem visualizar detalhes importantes em relação aos outros considerados "bonzinhos" e sem perceberem acabam ignorando-os. Sentindo-se invisíveis, os "bons filhos" podem experimentar momentos de solidão, vivendo como se não existissem dentro do lar, como se não houvesse espaço para eles na vida dos seus responsáveis.

Esses filhos esquecidos podem estar gritando por atenção, por socorro, vivendo momentos de sofrimento e angústia, esperando por um abraço, implorando por um carinho e, mesmo assim, continuam ignorados. Por vezes se calam, se fecham em seu mundo, sem se queixar de nada, sem reclamar de nada. Como se fecham acabam transmitindo a falsa impressão de que estão bem, mas talvez chorem escondidos no silêncio do seu quarto, carentes de um colo de mãe.

Sabemos o quanto a batalha pela recuperação do filho dependente químico absorve tempo e energia dos pais, porém precisamos de um olhar cuidadoso em relação aos demais filhos. Reservar um tempo e espaço só para eles, onde possamos brincar, sair, divertir, ouvi-los com atenção, mostrando nosso interesse, sem se esquecer de transmitir o quanto são importantes para nós, lembrando sempre que eles precisam de atenção redobrada que, vez ou outra, precisam de um abraço apertado, precisam de "colo".

Precisamos enxergar os "bons filhos" antes que eles se cansem da invisibilidade e decidam mostrar que estão ali.

Como bons observadores, eles já aprenderam como conquistar nossa atenção: criando problemas.

Não devemos nunca desistir do filho problema que, com certeza, exige muito dos pais, porém precisamos de todo cuidado possível em relação àqueles filhos que não nos dão trabalho. Caso contrário, no futuro, nossos desafios poderão gerar crias e se multiplicar.

O PODER DO ELOGIO

Um dos principais fatores capazes de levar um jovem à não experimentação e não envolvimento com as drogas é o receio de decepcionar os seus pais e o poder do elogio exerce um papel fundamental para conquistarmos este respeito.

Exercer o papel de pais responsáveis e preocupados com a educação dos filhos exige estabelecer limites e regras. Exige cobranças e até mesmo postura firme quando isso se fizer necessário e não há mal algum nessas atitudes. Pelo contrário, quando norteamos a conduta de nossos filhos, estamos demonstrando nossa preocupação e nosso amor verdadeiro por eles.

Assim como devemos ser atuantes e agir prontamente mediante todo e qualquer comportamento que desaprovamos, também precisamos agir nos momentos em que eles apresentam conduta correta, valorizando e elogiando os seus atos e boas atitudes.

Com tantos recursos tecnológicos dentro de casa, a família perdeu muito em termos de contatos e de convivências. Parece-nos que falta tempo para um diálogo agradável entre os seus membros e cada um está vivendo o seu mundo no seu canto, com os seus recursos. Apesar de tão próximos, ao mesmo tempo parecem muito distantes.

Filhos absorvidos por computadores, celulares, *tablets* e fones nos ouvidos não possuem mais tempo para ouvir os pais. Por sua vez, os pais também estão muito atarefados e ocupados e também se renderam às redes sociais. A falta de tempo para os filhos, somado ao estresse dos nossos dias, faz com que muitos só se dirijam a eles aos berros, para dar brocas e criticar.

Reclamam que os filhos nada fazem, mas ao contrário do que muitos acreditam, os filhos sentem prazer em auxiliar os seus pais. No entanto, esse prazer vai sendo desconstruído na medida em que, ao fazerem juntos alguma tarefa, os filhos só recebem críticas: "você não faz nada direito"; "Quantas vezes vou ter que repetir isso"; "Você não presta pra nada".

Quando a crítica é constante e o elogio inexistente, favorecemos a construção da baixa autoestima, que é um dos fatores de vulnerabilidade em relação à busca pelas drogas e outras armadilhas, pois com um baixo valor de si mesmo o jovem não se gosta e assim não se cuida, não se preserva e não se protege. Se os pais desconhecem e não usam o poder do elogio para conquistar seus filhos, pessoas sem escrúpulos e com más intenções conhecem muito bem e fazem uso dele intensivamente.

Podemos nos apoderar do elogio até mesmo nos momentos em que desaprovamos algum comportamento ou atitude de nossos filhos e para isso precisamos separar o filho, como pessoa, do comportamento que não aceitamos. Amamos nossos filhos, mas não amamos certas atitudes e quando tivermos que corrigi-los, devemos nos focar no comportamento que desaprovamos e não nele como ser humano.

Para tanto, podemos utilizar a técnica do PNP (positivo, negativo, positivo) para corrigi-los. Por exemplo, começamos com uma fala positiva: "Filho, gostaríamos que soubesse que amamos muito você". Em seguida focamos no comportamento que desaprovamos, ou seja, a fala negativa: "No entanto, ontem você agrediu sua irmãzinha e não achamos legal e ficamos preocupados. Gostaríamos que isso não se repetisse". Finalmente, terminamos nosso contato com uma fala positiva: "Como sabemos o quanto você é inteligente e o quanto gosta da sua irmãzinha, sabemos que podemos contar com você, que se esforçará para corrigir o problema".

Para a criança moderna esse tipo de abordagem possui grande funcionalidade. O elogio possui o poder da valorização de suas capacidades, trazem os filhos para perto de nós e ganhamos em respeito, mesmo nos momentos em que precisamos contrariá-los.

Quando a correção é feita com amor e o elogio não é meloso, mas sincero, estamos favorecendo a construção de um relacionamento de reciprocidade, melhorando o contato entre pais e filhos e mesmo quando não estivermos juntos deles fisicamente, nossa marca estará presente e falará por nós.

AUTOESTIMA: FATOR DE PROTEÇÃO

A baixa autoestima é citada por muitos dependentes químicos como um dos fatores que contribuiu para o seu problema. Isso nos alerta sobre nossas atitudes e comportamentos enquanto pais ou educadores.

A formação da autoestima de uma criança começa a se desenvolver já nos primeiros anos de sua existência e é influenciada diretamente pelas atitudes e ações das pessoas que fazem parte do seu convívio, a começar pelo seu grupo familiar, que é a sua primeira referência de vida. Toda vez que apresentamos estímulos positivos favorecemos a construção de um bom valor de si mesmos, enquanto os estímulos negativos colaboram para reduzir o juízo que fazem de si próprios.

Ao lidarmos com os pequeninos precisamos evitar comportamentos que minimizem suas capacidades. Cada criança é única e exclusiva, portanto, nunca devemos compará-la a outras, como um irmão, primo ou coleguinha. Também devemos evitar apelidos depreciativos, incluindo aqueles relacionados a algum aspecto físico, como uma orelha grande ou um peso acima do normal. As crianças costumam supervalorizar os detalhes de seu corpo.

Os pequeninos também são gente e se ofendem, portanto devemos evitar chamá-los de feios, de chatos ou preguiçosos. Ao ser repetidamente chamada de burra, uma criança poderá interiorizar isso como uma verdade e como consequência apresentar reais dificuldades no aprendizado.

Muitos pais descarregam sobre os filhos os seus erros ou frustrações, reclamando de coisas que não são culpa da criança, como se ela fosse culpada por ser menina, enquanto idealizaram um menino ou vice-versa. Outros despejam sobre os filhos as mágoas de um relacionamento frustrado e ainda há aqueles que culpam a criança por ela haver nascido de forma não planejada.

As cobranças exageradas e além da capacidade da criança é outro fator que desfavorece a construção da autoestima, por isso, é importante valorizar as suas capacidades, respeitando suas limitações.

Talvez não haja nada pior para a desconstrução da autoestima de uma criança do que vivenciar situações de violências, sejam sexuais, físicas ou verbais. Os pequenos precisam de proteção, pois as consequências futuras dos maus tratos são perversas.

Também é importante adotar comportamentos que favoreçam a construção de uma autoestima positiva em nossas crianças, como por exemplo, usar o poder do elogio de forma equilibrada, valorizando suas boas condutas e seus avanços. É nossa obrigação corrigi-las quando erram, mas não podemos esquecer de elogiá-las quando acertam.

Outra forma de valorizá-las é permitir que elas façam aquilo que possuem condições de fazer, como por exemplo, que carreguem seu material escolar, que guardem os seus brinquedos no final da brincadeira. Devemos incentivá-las a se alimentarem sozinhas; a tomarem banho sozinhas; a dormirem em seus quartos etc.

Normalmente o que uma criança assimila em seus primeiros anos de vida, ela carrega por toda a sua existência. Portanto, se conseguirmos, desde cedo, auxiliá-la no desenvolvimento de um sólido valor de si mesma, em que ela consiga se amar sem egoísmo e sem egocentrismo, favorecemos a construção de uma sólida autoestima, que é, sem dúvidas, um importante fator de prevenção.

OS PAIS TAMBÉM SÃO GENTE

Somos gente. Isso nos parece tão óbvio, porém esquecemo-nos com frequência esta verdade e buscamos uma perfeição que não está ao nosso alcance e nos frustramos. A perfeição é divina e não somos Deus, somos humanos.

Precisamos assumir nossa condição humana. Como gente, somos únicos e possuímos o domínio apenas sobre nossa própria vida e, mesmo assim, acertamos muito, mas também erramos. Não somos perfeitos. Temos defeitos, somos limitados, mas também possuímos muitas qualidades. Em relação aos filhos, podemos orientá-los, aconselhá-los, mostrar caminhos, mas não vivemos a vida deles e eles fazem suas próprias escolhas. Não podemos nos condenar por aquilo que o outro faz de errado.

Quando nos empenhamos em mostrar aos nossos filhos que somos perfeitos, eles assimilam e interiorizam a ideia e cobram permanentemente a nossa perfeição. Acontece que pais e filhos não são iguais e aquilo que nós pais enxergamos como perfeição é diferente da maneira como os filhos enxergam.

Para nós, a busca da perfeição está associada a fazer o nosso melhor, com dedicação, amor e carinho. Para eles, os pais perfeitos são aqueles que nunca dão bronca, que estão sempre disponíveis, que sempre dizem sim e permitem que eles façam tudo aquilo que desejam. Como isso não é possível e nem funcional para uma boa educação, rapidamente eles percebem que os pais não são tão perfeitos como desejavam mostrar e assim se decepcionam.

Aceitarmos a ideia de que somos gente ajuda a nos posicionarmos em relação à maneira como os filhos se dirigem a nós. Não somos um objeto inanimado, que deve aceitar tudo calado. Como gente, possuímos sentimentos e precisamos deixar claro não aceitarmos nenhum tipo de grosseria, de desrespeito, de xingamento ou estupidez. Se nos calamos diante de uma ofensa, somente porque são nossos filhos, abrimos caminhos para o desrespeito.

Aceitar-nos como pessoa humana significa assumirmos o compromisso de fazer sempre o nosso melhor, sem idealizar a perfeição. Devemos nos enxergar como gente, que também possui direitos. Direito de nos equivocarmos, de ficarmos tristes, de mudarmos de opinião, de não aceitarmos o comportamento inadequado do outro, de exigir respeito, de viver, de sonhar, de sermos felizes.

Posicionar-nos como gente significa que não precisamos enfrentar sozinhos os nossos desafios. Gente precisa de gente, e como humanos podemos buscar ajuda, apoio e orientação, até mesmo para aceitarmos o óbvio: Somos tão somente gente.

PACIÊNCIA, QUEM NÃO TEM COME CRU

Muitas de nossas meninas se tornam adultas sem nunca haver lavado a própria calcinha; muitos de nossos meninos chegam à maioridade sem aprender a colocar roupas sujas no cesto. Não fazem porque alguém faz por eles, geralmente a mãe. Se perguntarmos a essas mães porque fazem, costumam justificar: "Eu não tenho paciência para esperar que eles façam".

No exercício de uma educação assertiva, precisamos usar a paciência a nosso favor. Os filhos sabem quando não possuímos paciência para esperar, eles sabem que após pedirmos por duas, três ou quatro vezes, desistimos e fazemos por eles.

Assim eles enrolam, enrolam, e nos enrolam. Outras vezes sabem que não temos paciência para suportar pressão e insistem até cedermos. Por vezes, dizer não a um filho é necessário, e precisamos de paciência para suportar a pressão e manter firme nossa posição.

Quando falamos sobre a paciência não podemos confundi-la com passividade, pois a passividade está ligada à falta de autoridade, à falta de ações e atitudes. Exemplo disso são as mães que precisam pedir por centenas de vezes para que a criança vá tomar banho. Isso é demonstração de ausência de autoridade.

Dentro do ambiente familiar todos devem assumir responsabilidades, inclusive as crianças, evidentemente de acordo com a idade e suas possibilidades, pois a casa é de todos e todos devem cooperar para o bem comum. Aquilo que nos cabe, devemos fazer, mas aquilo que é obrigação dos filhos, precisamos permitir que eles façam e, por vezes, ter a paciência necessária para esperar que façam.

Usar a paciência a nosso favor é possuir a calma e o controle necessários para permitir que o outro faça do jeito dele, no momento dele, porém que faça. Por vezes, desejamos que eles cooperem conosco, mas queremos que façam de forma idêntica à nossa e reclamamos porque não possuímos a paciência necessária para aceitar as diferenças. Podemos ensiná-los e orientá-los a fazer melhor, mas, ainda assim, precisamos permitir que façam.

E quando não fazem aquilo que é obrigação deles? Quando cansamos de esperar que façam? Quando esgotamos nossa paciência? Neste momento entra a ação, a atitude e a criatividade. Nós precisamos deles, mas eles também precisam de nós. Precisam da senha do wi-fi, adoram o iPhone, curtem a internet e as redes sociais, vivem com fones nos ouvidos. Passar uma tarde sem acesso à internet não faz mal a ninguém e algumas horas sem conexão, para a atual geração tecnológica, parecem-lhes uma eternidade.

Usar a paciência a nosso favor não significa cair na passividade e acomodação e esperar para ver o que acontece. A educação assertiva deve ser trabalhada ao longo do tempo e precisamos de paciência para construí-la no dia a dia, pois, como diz o ditado, quem não a tem, come cru.

O MENINO E A BARATA

O menino brinca há horas em um canto da sala. A mãe assiste a sua novela preferida, enquanto o pai sorri sozinho deslizando os dedos nas postagens em suas redes sociais. Em um determinado momento a criança chama pela mãe, mas ela está encantada pelo drama que acompanha na telinha e pede para que o garoto fique quieto; ele apela para a atenção do pai e, mais uma vez, é repreendido e sugerido que continue brincando. De repente, no meio da sala, surge uma barata. A mãe, ao percebê-la, grita forte: "Uma barata!" A primeira atitude dela é subir no sofá e pedir socorro. O pai, de posse do seu chinelo de número 44, sai em busca do inseto, que por sua vez empreende fuga.

Na busca pela barata instala-se o caos na casa. Cadeiras caem, copos rolam, pessoas gritam. A aparição da asquerosa faz a mãe esquecer o capítulo da novela a que assistia. O pai abandona o celular, assume a posição de salvador e quase arrebenta seu chinelo no intuito de deter o inseto. Chamamos a atenção para um detalhe: Observem que uma barata conseguiu algo que o filho buscava: chamar a atenção dos pais.

A criança, atenta ao seu entorno, recebe uma mensagem não verbal: cause pânico, que você recebe a atenção que precisa. Percebe que apenas chamando pelos pais não é ouvida; sem fazer bagunça, não é vista. De repente quebra um copo, sobe em cima do armário, puxa o rabo do gato etc.

Atualmente temos a sensação de que as pessoas estão ocupadas demais. Muito trabalho, muitos compromissos e pouco tempo para a convivência familiar. O mínimo tempo que resta, em geral, é preenchido com atrativos, como as TVs a cabo, recheada de canais ou os encantos tecnológicos.

Não basta morarmos em uma mesma casa se não interagirmos. O que define uma família são as relações de vínculos que se estabelecem entre os seus membros, porém para criá-los precisamos construir no ambiente familiar momentos favoráveis ao diálogo, onde haja trocas afetivas e respeito mútuo.

A criança busca pela atenção dos pais. Precisam ser vistas e ouvidas dentro de casa, seja quando faz algo que não agrada, no sentido de corrigi-la, seja quando fazem algo bom e merecem um elogio.

Os ouvidos que se fecham aos filhos dentro de casa, nas ruas estão muito abertos. O tempo que os pais não dispunham dentro de casa, na rua pessoas mal-intencionadas o têm de sobra. Precisamos chegar primeiro, pois quando o vazio dos pequenos é preenchido lá fora, mais tarde são eles que se fecharão para nós.

CRIANÇA OU MINI ADULTO

Precisamos repensar o ser criança nos dias atuais, onde nossos pequenos são estimulados a viverem como mini adultos, com exposição excessiva, erotização precoce e atividades infinitas.

Apesar da pouca idade, muitas delas já possuem a agenda carregada de compromissos. Saem da escola e vão para o inglês, deixam o inglês direto para o judô, na sequência ainda participam da aula de música, de natação, de futebol etc. Não sobra tempo para serem aquilo que são: apenas crianças.

Não negamos ou desprezamos a importância da participação da criança em atividades e projetos. O envolvimento dos pequenos em cursos e escolinhas é benéfico desde que haja limites e equilíbrio. Os excessos de obrigações, com a prática de várias atividades ao mesmo tempo, além de estressá-las, matam a fase mais bela da vida, que é a infância. Também é importante permitirmos que façam as atividades por prazer, sem pressões por alta performance ou exigências que estão aquém das suas capacidades.

O ato de brincar da criança não é perda de tempo. As atividades lúdicas são fundamentais para seu desenvolvimento e para a construção do seu eu, do seu mundo e é nossa responsabilidade, como adultos, proporcionar-lhes tempo, espaço e condições para que vivenciem esses momentos.

Também precisamos proteger nossos pequenos da exposição precoce, como a erotização, a violência, a proximidade com substâncias inadequadas, preservando-as de materiais impróprios, programações fora da sua faixa etária e, até mesmo, da convivência com pessoas cujos exemplos são lhes são favoráveis.

Sabemos, ainda, que a criança gosta de imitar o adulto. A menina adora experimentar os sapatos da mãe, lambuza-se com as maquiagens da irmã mais velha; o menino põe a gravata do pai etc. Esses comportamentos são normais, entretanto quando o adulto transforma esses hábitos em rotina, vestindo a criança como adulta ou levando a menina semanalmente aos salões de beleza, aceleram o processo natural de travessia da fase infantil.

Na construção do futuro da criança, os ritos de passagens são fundamentais para o seu desenvolvimento e nós, adultos, precisamos aprender a respeitar cada etapa da vida dos pequenos, permitindo que, enquanto crianças, elas possam viver como crianças, com tempo e espaço disponíveis para brincar, correr, sujar, viver o mundo das fantasias, divertir-se, e futuramente, quando adultas, que possam lembrar com alegria os momentos felizes dessa que é a melhor fase da vida.

SIM SE POSSÍVEL, NÃO SE NECESSÁRIO

Um dos maiores desafios enfrentados pelos pais, na educação dos filhos, é a coragem para dizer-lhes um "não" como resposta, dentro de casa.

Isso acontece por razões variadas. Há aqueles que, equivocadamente, acreditam que devem ser sempre "bonzinhos", e assim serão respeitados e valorizados. Com isso, criam no ambiente familiar a desastrosa regra do proibido proibir; outros não possuem personalidade suficiente para resistir às pressões dos pequenos e cedem facilmente no primeiro grito ou birra das crianças. Há aqueles que conviveram com regras muito duras, passaram por grandes dificuldades e lutam para reverter isso em relação aos filhos, tornando-se extremamente permissivos. Também existem os passivos, que não querem trabalho e fazem o máximo para evitar conflitos. Lutam para não os contrariar e, assim, conseguem o que buscam: a paz momentânea.

Nossos filhos são nossa responsabilidade e é no ambiente familiar que eles precisam aprender a conviver também com os "nãos". Poupá-los de toda e qualquer frustração não os protegem dos desafios da vida; pelo contrário, fragilizam.

Ao pouparmos os filhos dos "nãos" apresentamos a eles um mundo irreal, um mundo de fantasias, em que todos os seus desejos são prontamente atendidos e ninguém pode contrariá-los, eles assimilam a ideia da onipotência, acreditando que tudo podem, entretanto o mundo real não é assim. Os desafios no decorrer da existência são muitos e a sociedade não terá o menor pudor em apresentar a eles um "não".

Desacostumados aos "nãos" é possível que muitos se percam, se descontrolem ou se compliquem no primeiro revés da vida real. Não raro, assistimos através da mídia, a notícias de jovens atentarem contra a própria vida ou mesmo contra a vida de outros pelo simples fato de não estarem preparados para suportar uma frustração.

Acostumados a somente ganhar, a tudo ter, a tudo poder e tudo fazer, convivendo com a permissividade excessiva e sem que nada em troca lhes seja cobrado, os filhos assimilam a ideia de que seus desejos devem ser atendidos prontamente. Não aceitam um "não" como resposta e as exigências crescem como uma bola de neve, até atingir limites inimagináveis. Quando o "não" chega tarde demais, não é compreendido e gera revolta.

Consideremos, ainda, que quem não aprende o que é um "não" dentro de casa poderá encontrar dificuldades para se posicionar diante das pressões exercidas pelos grupos fora do ambiente familiar. Como ele não aprendeu o que é um "não", poderá enfrentar problemas para se posicionar, para fazer boas escolhas e para recusar o que não lhe serve, tornando-se alvo de fácil manipulação para a malandragem e as propostas ilícitas.

Uma boa educação exige atitude e posicionamento. Não é assertivo dizer "sim" como resposta, quando o desejo, vontade e a necessidade pediam um "não". O "sim" pode e deve prevalecer sempre que for possível, entretanto o "não" precisa acontecer com firmeza e coragem, sempre que necessário. No futuro os filhos agradecerão.

É FÁCIL DIZER NÃO, DIFÍCIL É MANTER O NÃO QUE FOI DITO

Um dia desses, falando com a mãe de um garoto de cinco anos, ela argumentou que quando ele quer, não tem jeito, tem que dar, senão ele não para, não tem quem aguente. Com isso é transmitido a ele uma mensagem não verbal: pressione que cedemos, insista que você consegue, faça escândalo que você ganha e a tendência para a próxima vez é que a pressão seja ainda maior. Barrar esse comportamento é urgente. Se não conseguimos resistir à pressão de uma criança de cinco anos, não será na adolescência que atingiremos esse objetivo.

Filhos precisam aprender em casa os significados do sim e do não, porém, enquanto é possível apresentar-lhes sem dificuldades o "sim", responder-lhes um "não" não é tarefa tão simples assim, e manter o não que foi dito é quase um pesadelo.

O "sim" atende aos interesses dos filhos, por isso não questionam e recebem a resposta com alegria e satisfação. Mas, quando a ocasião exige um "não", automaticamente desencadeamos neles uma reação, que pode se manifestar através de uma birra na criança ou de uma insistência perturbadora nos maiorzinhos.

Muitos de nós desejamos ser bons pais e essa é uma ideia bacana na relação familiar, no fortalecimento dos vínculos afetivos, na construção de uma família funcional. No entanto, por vezes, confundimos o significado de bons pais e assumimos o papel de pais bonzinhos.

Pais bonzinhos não querem frustrar os filhos, possuem grande dificuldade em contrariá-los e são extremamente permissivos.

O sim é muito importante na formação dos filhos, mas é imprescindível que aprendam também o significado da palavra "não" dentro de casa. Os nãos que poupamos os filhos em casa, eles aprenderão na rua, porém não será sem dor e sofrimento.

DISCIPLINA, A MÃE DO ÊXITO

Toda vez que falamos sobre exigência e disciplina na educação dos filhos, muitos pais torcem o nariz, considerando que tais atitudes são coisas do passado e não se encaixam mais na educação atual. E para mostrar que são modernos, muitos adotam uma educação permissiva, com excesso de liberdade e, assim, deixam os filhos entregues à própria sorte.

Sem disciplina não se atingem objetivos. Muitos jovens vivem o imediatismo. Desejam grandes conquistas, mas não se empenham para conseguirem o que desejam. Buscam o prazer a qualquer custo, a liberdade sem responsabilidade e muitos pagam um preço alto por isso.

Nossas exigências são fundamentais na preparação dos nossos filhos para os desafios da vida e, para isso, ela deve ser exercida com o objetivo de levar ao crescimento, direcionar e nortear as suas condutas, despertando-lhes o desejo de atingir seus objetivos, conscientes de que para realizar sonhos é preciso disciplina.

A nossa exigência em tempos modernos não deve ser exercida ou confundida com grosserias ou agressividades. Deve ser uma exigência equilibrada, coerente, consciente e responsável, que educa e não traumatiza; que leva ao crescimento e não tolhe; que conduz ao equilíbrio e não ao caos e para isso é importante que ela possua uma ligação íntima com um amor verdadeiro e comprometido com o bem-estar dos nossos filhos, um amor exigente que visa proporcionar-lhes uma vida plena.

Mas somente possuímos o direito de exigir do outro aquilo que é uma obrigação ou um dever como, por exemplo, que se empenhem nos estudos, que cuidem de sua higiene e saúde, que cooperem no meio familiar, entre outros. Temos o dever de exigir que se mantenham longe do abuso do álcool e de outras drogas. Temos o direito de exigir que eles nos respeitem como pais, não aceitando, sob a desculpa do amor, que se dirijam a nós de forma ofensiva e grosseira.

Quando privamos nossos filhos das nossas exigências, deixamos que cresçam sem um direcionamento e futuramente poderão encontrar dificuldades para conquistar espaços, para organizar metas, para superar desafios, não se encaixando nos padrões exigidos pelo mundo atual. Sentem-se perdidos e desorientados, com grandes dificuldades para lidarem com as pressões naturais que enfrentarão por sua vida afora.

Toda instituição, para um bom funcionamento, precisa de organização, seja ela uma empresa, uma Igreja, uma escola, um time de futebol etc. Nossa família também é uma organização social que necessita, para um bom desempenho, de regras claras, capazes de ordenar e regulamentar o seu funcionamento; caso contrário, pode se instalar o caos que leva ao colapso, transformando a casa e a convivência familiar numa bagunça.

Por toda a importância que exigência e disciplina possuem na nossa vida e na formação dos nossos filhos, não podemos permitir que essas atitudes se percam como algo do passado, pois no mundo moderno não há mais espaço para aqueles que não possuem disciplina e que não são capazes de exigir nada de si mesmos. Realizar sonhos exige empenho e, como cita Ésquilo: "A disciplina é a mãe do êxito".

AS REGRAS DA CASA

Normas, regras e disciplina são elementos indispensáveis para a construção de uma família funcional. Sem isso, os contatos se fragilizam, marcados pela frieza nos relacionamentos, prejudicando a formação dos vínculos afetivos. A casa deixa de ser um lar para se transformar em uma desordem.

Qualquer instituição, sem regras estabelecidas, caminha a passos largos rumo ao fracasso e isso não é diferente no ambiente familiar. A família também é uma organização social que, para um bom funcionamento, exige a construção de regras capazes de nortear os comportamentos de seus membros, caso contrário o caos se instala.

No entanto, precisamos compreender que regras e normas não são imposições, frutos do autoritarismo, mas uma construção familiar que serve para nortear as condutas de cada um, resguardadas as diferenças entre seus membros e as individualidades de cada membro.

Os filhos devem aprender, o mais cedo possível, a conviver e a respeitar as regras da casa, tendo como modelo e exemplo, os pais. Não é tarefa fácil falar em regras e normas para um filho que assiste ao pai avançar o sinal de trânsito, enquanto ele está no vermelho, ou a mãe dirigir o carro falando ao celular. Se for estabelecido como regra da casa que os filhos não façam as refeições com o celular ao lado do prato, os pais também precisam deixar os seus fora da mesa.

As regras estabelecidas no ambiente familiar devem possuir, como foco, o bem comum. Portanto, elas devem possuir, como finalidade, organizar as relações e a convivência familiar, além de preparar os filhos para lidarem com as normas de forma natural e equilibrada. Aqueles que não respeitam as regras da casa certamente não respeitarão as normas de convivência em sociedade.

Na construção das regras da casa, todos devem participar, mas é preciso respeitar a hierarquia familiar. São os pais aqueles que possuem a missão de colocar ordem na casa e não podem fugir de suas responsabilidades. Quando, por acomodação, negligência ou apatia, eles deixam de fazê-lo, quem ditam as regras são os pequenos e, assim, nos deparamos com uma inversão de papéis, onde os filhos mandam e os pais obedecem, e este reinado infantil é a receita certa para o colapso familiar.

Não menos importantes são as definições dos prejuízos para aqueles que não respeitam as regras estabelecidas sem que tais consequências sejam a aplicação de castigos físicos, vexatórios ou aterrorizantes. Deverão ser prejuízos que não causem danos, mas que possam sinalizar a eles que, quando quebramos uma regra, sofremos uma consequência.

Poupar os filhos do contato com normas e regras dentro de casa não é uma atitude que os protegem. Eles crescem se achando os donos do mundo, pensando que podem tudo, mas não podem. A vida não perdoa e cobra. Melhor que aprendam pelo nosso amor que pela punição do mundo.

A SÍNDROME DO SOFÁ

Um dia desses vi uma cena que me chamou a atenção. Uma mãe, que foi buscar o filho na escola, carregava duas sacolas cheias na mão direita, mais duas ou três na mão esquerda e ainda, nas costas, carregava a mochila escolar do filho, um menino quase do tamanho dela, que brincava sem compromisso algum.

Essa atitude não é exclusividade desta mãe. Basta pararmos alguns minutos em frente a uma escola dos anos iniciais, no horário da saída, e assistiremos a muitos pais, mães ou mesmo avós praticamente arrancarem a mochila escolar das mãos da criança e pendurar em suas costas.

Esse comportamento não se resume ao material escolar. Dentro do ambiente familiar ele ganha contornos ainda mais graves. Muitas mães passam o dia recolhendo os objetos que os filhos vão espalhando pela casa: brinquedos, roupas, calçados, lápis, cadernos etc. Outras chegam ao absurdo de fazerem as tarefas escolares para eles, e ainda têm aquelas que utilizam do famoso "aviãozinho", servindo comida na boquinha de filhos de nove ou dez anos de idade para que comam alguma coisa.

Ao serem indagados justificam dizendo que consideram este gesto como uma demonstração de amor, de carinho e de atenção e eles têm razão. Para os pais isso é um gesto de cuidado, mas será que as crianças também conseguem assimilar esta atitude como uma demonstração de carinho?

Infelizmente, quase nunca isso acontece. Normalmente, os pequenos interiorizam esta ação como uma obrigação dos pais e passam a relacionar-se com eles com extrema frieza.

Ao fazermos para os filhos tudo aquilo que eles mesmos possuem condições de fazer, colaboramos para a formação de filhos folgados e irresponsáveis. Além disso, vamos perdendo as nossas reais funções e responsabilidades de pais para assumirmos o papel de serviçais, de empregados domésticos dos filhos.

Com isso, muitas crianças e jovens desenvolvem o que chamamos da síndrome do sofá: chegam da escola, nem sequer tiram o material escolar do carro, jogam o tênis no meio da casa, ligam a TV ou se isolam no celular, espicham-se no sofá, onde controla a mãe da mesma forma com que controla os canais que assistem: "Mãe, pega um copo de água; mãe, traz um biscoito; mãe, faz um suco; mãe, pega o copo que já está vazio; mãe, traz um café; mãe, prepara um pão". Ao final do dia continuam ditando ordens, enquanto a mãe está arrebentada.

Aos fazemos aos filhos tudo aquilo que eles mesmos possuem condições de fazer, menosprezamos suas potencialidades e diminuímos as suas capacidades. Como consequência futura, podemos nos deparar com adultos irresponsáveis e folgados.

Mais do que fazer para os filhos aquilo que é obrigação deles, devemos estimular que assumam responsabilidades, de acordo com sua faixa etária e suas capacidades, e assim contribuímos para o desenvolvimento da sua autonomia, preparando-os para que se tornem adultos competentes. Caso contrário, estamos roubando deles a oportunidade do aprendizado, do crescimento e do seu desenvolvimento. E isso não é uma demonstração de amor.

O MEU EU QUE REFLETE NO OUTRO

Certa vez, enquanto atendia uma família cuja mãe e filha vivenciavam intensos conflitos, sentaram-se ambas à minha frente uma ao lado da outra. Os conflitos entre elas eram evidentes. Sugeri que a mãe me relatasse o que ela desejava da sua filha para que ambas pudessem desenvolver um relacionamento melhor. A mãe relatou, entre outras coisas, que não aceitava o comportamento da filha, pois, segundo ela, todo namoradinho que a garota arrumava, trazia para dentro de casa, se trancavam no quarto e aquilo a aborrecia.

A mesma pergunta seria feita à filha, porém, antes mesmo que eu me dirigisse à garota, quase que interrompendo a mãe, ela disse: "Mãe, quantos homens eu já vi a mãe trazer para dentro da nossa casa e se trancarem no quarto"? A mãe ficou muda.

Na educação dos nossos filhos desejamos que sejam responsáveis, equilibrados, conscientes e que se mantenham livres de tudo aquilo que podem causar qualquer tipo de mal, mas não podemos esquecer os nossos comportamentos, as nossas falhas, os nossos desequilíbrios, as nossas loucuras. Por isso devemos sempre nos questionar: "Nosso comportamento serve de exemplo e de modelo para nossos filhos?".

Muitos de nossos adolescentes estão retornando para casa sob os efeitos visíveis e preocupantes do abuso de bebidas alcoólicas. Destes, uma grande parcela de pais assiste, sabe que precisa tomar alguma atitude, porém se cala, porque sabem que também bebem de forma abusiva. Exercer nossa autoridade de pais é fundamental para formarmos filhos saudáveis e equilibrados. No entanto, sem ser exemplo e modelo, tornamos essa tarefa muito complicada.

Para sermos exemplos precisamos cuidar do nosso comportamento, pois se não cuidado ele também adoece. Adoece quando não respeitamos nossos limites, quando vivemos irritados, quando somos agressivos, quando não temos paciência ou vivemos estressados, quando gritamos demais, quando nos entregamos ao ócio, ao desânimo, quando nos automedicamos, quando ficamos irritados sem motivo aparente etc. Nosso comportamento adoece quando nos entregamos aos vícios. Vício do álcool, das drogas, do sexo, de pornografias; vícios de consumir, de comer etc. Vícios de modismos, de televisão, de jogos, de bingos etc. Também adoece quando nos entregamos aos diversos tipos de fanatismos.

Cuidar do comportamento é tão importante quanto cuidarmos da nossa saúde. Quando somos exemplos, podemos cobrar com autoridade. Crianças aprendem aquilo que vivenciam e o sucesso em relação à difícil missão de educar bem nossos filhos dependerá demais do nosso equilíbrio comportamental.

PAIS PREVISÍVEIS, FILHOS MANIPULADORES

Na relação pais e filhos é importante que ambos se conheçam mutuamente; no entanto, os filhos, como bons observadores, conhecem muito bem os pais que têm, enquanto os pais, em geral, não costumam conhecê-los tão bem quanto imaginam.

Sabendo que somos observados, precisamos cuidar dos nossos comportamentos e atitudes, pois, de acordo com aquilo que apresentamos, colhemos resultados que tanto podem ser positivos como negativos, na educação dos nossos filhos.

Quando somos permissivos e não possuímos firmeza em nossos posicionamentos, podemos nos tornar presas fáceis para filhos manipuladores. Eles, sabendo dessa fraqueza e fragilidade, poderão utilizar isso para benefício próprio utilizando de chantagens e manipulações.

Filhos de pais previsíveis se relacionam com eles da mesma forma com que se relacionam com a TV da sala, ou seja, os pais assumem o papel da TV, e os filhos tomam posse do controle remoto. Sabem como ninguém quais são os botões que devem apertar para conseguirem o que desejam. Conhecem-nos tão bem que sabem por antecipação quais serão nossas atitudes e reações. Sabem quantas vezes será preciso insistir para conseguirem o que buscam; sabem o momento exato de pedir por algo; sabem quais truques ou artimanhas devem utilizar para nos ludibriar; sabem, por exemplo, que fazemos muito barulho, mas não possuímos ações.

Por outro lado, o fato de eles nos conhecerem torna-se um fator positivo quando nossas atitudes são coerentes, quando sabemos defender nossas convicções e somos firmes em nossas decisões. Torna-se um fator positivo quando somos verdadeiros, quando estabelecemos regras claras e não fazemos uso de ameaças vazias. Também é um fator positivo quando usamos o elemento surpresa, abandonando padrões repetitivos e previsíveis demais.

É importante que eles nos conheçam e saibam, por antecipação, que nossa postura não permite comportamentos indisciplinados, inadequados ou desrespeitosos. É fundamental que eles saibam, por antecipação, que não aceitamos o uso ou abuso do álcool ou outras drogas.

Da mesma forma com que nossos filhos nos observam, também devemos observá-los. Para conseguir este objetivo é importante praticarmos o diálogo no ambiente familiar e também desenvolver a capacidade de prestar atenção e observá-los cuidadosamente. Como já citado em outro texto, em média, um pai ou uma mãe só consegue perceber o envolvimento de um filho com as drogas depois de três a quatro anos de uso, ou seja, quando eles já estão mergulhados na dependência química.

Antes de eles apresentarem sinais visíveis do uso, eles começam a externar mudanças comportamentais capazes de indicar que algo está errado. São mudanças que inicialmente se apresentam de forma sutis e só é possível percebê-las se estivermos muito atentos e, da mesma forma, só é possível corrigi-las se não fecharmos os olhos para os pequenos deslizes e assim, eles, como observadores atentos, possam perceber que não toleramos os pequenos desvios de conduta e, consequentemente, também tenham ciência que não serão tolerados os grandes desajustes comportamentais.

PODER INFANTIL: FILHOS MANDAM, PAIS OBEDECEM

Júnior acabou de fazer cinco anos e, apesar da pouca idade, é ele quem manda na casa. A TV só fica ligada no canal a que ele deseja assistir, é ele que determina o horário que os pais devem dormir e também é ele que escolhe o que a família come. Quando não atendido prontamente em seus desejos, um choro, uma birra e os pais cedem e assim a família passa a ser controlada pelo poder infantil.

Todo este poder transferido aos pequenos caminha na contramão de uma educação assertiva. São os pais que possuem as atribuições de educadores, de orientadores dos filhos e devem exercer suas responsabilidades ativamente. Caso contrário, assistimos a uma inversão de papéis.

É bem verdade que no decorrer do tempo o mundo se transforma, as pessoas mudam, as famílias se modificam, as relações entre os seus membros também mudam e devemos sempre nos adequar aos novos tempos, às novas realidades, sem nos prendermos a métodos antigos e ultrapassados de educação. O nosso grande desafio é acompanharmos a mudança de mundo sem, no entanto, perdermos a essência de nossas responsabilidades enquanto pais.

Em um passado recente, as crianças não tinham vez, nem voz. Na casa eram como pessoas invisíveis, sem direito a opinar, não eram vistas, nem ouvidas. Nos dias de hoje os pequenos têm participação ativa na família e precisam ser ouvidos, precisam ser respeitados e suas opiniões levadas em consideração, mas são os pais que devem assumir o comando. Toda instituição, para um bom funcionamento, precisa de uma hierarquia estabelecida, com definições claras dos papéis de cada um. A família também é uma instituição que precisa de um comando.

Na nova realidade haverá momentos de atendermos aos pedidos dos filhos, assim como haverá momentos de sermos firmes, não cedendo às pressões e escândalos provocados por eles. Haverá momentos de negociações, mas haverá momentos em que não tem conversa. Toda casa precisa de regras claras e os pais devem estabelecer os limites do aceitável.

As crianças, como sujeitos em formação, precisam de um guia, precisam de referências, precisam de responsáveis que norteiem suas condutas. Elas precisam saber que são pessoas queridas, respeitadas e amadas, mas precisam entender que elas não são as donas da casa, elas não são os reizinhos, cujos desejos são todos atendidos imediatamente, conquistados através de manhas, birras e escândalos. Precisam saber que a casa é de todos, mas existe um comando e não são elas que possuem esse poder.

COOPERAÇÃO: A ESSÊNCIA DA FAMÍLIA

O Programa Amor-Exigente cita que a essência da família repousa na cooperação e não apenas na convivência. É através da cooperação que se constroem fortes vínculos afetivos. Mas, para vivenciarmos a cooperação em sua plenitude devemos nos atentar para os personagens envolvidos nesta dinâmica eu, você, nós e respondermos a três questões: O que eu posso fazer por você? O que você pode fazer por mim? O que podemos fazer juntos?

A primeira pergunta nos convida a um olhar sobre nós mesmos para identificarmos como podemos nos envolver, fazendo a nossa parte em nosso grupo familiar, colocando-nos à disposição para apoiar, auxiliar e agir visando ao bem do outro. Essa atitude é uma demonstração do quanto nos preocupamos com aqueles que convivem conosco. Sem isso, tornamo-nos pessoas egoístas e autoritárias, que ditam ordens, cobram, mas nada fazem.

Mas precisamos ter cuidado para não nos transformarmos em meros serviçais dos filhos. Existem coisas que não precisamos fazer, pois eles possuem plenas condições de realizar por si mesmos. Quando carregamos o material escolar que a eles pertence ou passamos o dia recolhendo tudo que espalham pela casa, enquanto eles vivem espichados no sofá, não estamos cooperando com eles; pelo contrário, estamos tirando deles a oportunidade de crescimento e independência.

A segunda questão nos instiga a aceitarmos a ideia de sermos servidos pelos filhos. Muitos de nós tratamos nossas crianças como reizinhos, abastecendo-os o tempo todo, não permitindo que eles nada façam em nosso favor. Queremos poupá-los de tudo, desvalorizando suas capacidades e quanto mais os servimos, sem deles nada aceitar em troca, mais friamente estes se relacionam conosco.

A terceira pergunta, e talvez a mais importante deste processo, abrange tudo aquilo que podemos fazer juntos para o benefício de todos. Essa é a verdadeira essência da cooperação. No entanto, não basta fazermos juntos, precisamos aproveitar o momento para criarmos um ambiente favorável, fazendo das atividades algo agradável, onde haja um contato sadio e de qualidade. Ao contrário do que muitos pensam, os filhos sentem prazer em nos ajudar, mas quando fazemos as tarefas juntos, porém de cara fechada, sem paciência, resmungando e reclamando o tempo todo, eles perdem o interesse e se afastam.

A falta de ação dos personagens envolvidos neste processo transforma a família em um amontoado de pessoas, onde ninguém se preocupa com ninguém ou as preocupações partem apenas de um dos lados.

Os lares funcionais possuem, como uma das suas principais características, os fortes vínculos afetivos entre seus membros. A vivência da cooperação em sua plenitude é o combustível que mantém acessa esta chama. Com isto a convivência se torna agradável, a harmonia reina, o respeito mútuo prevalece e todos se preocupam com o bem-estar de todos. A isso chamamos verdadeiramente de família, ou seja, um grupo de pessoas que cooperam entre si.

FAMÍLIA: PRINCIPAL GRUPO DE APOIO

Uma verdadeira família é aquela em que seus membros cooperam entre si e em que o bem-estar de cada um é responsabilidade de todos, porém na contramão da sua importância, a família cada vez mais se isola.

Possuímos tantas tarefas, compromissos e atividades que sobra pouco tempo para os relacionamentos familiares e o pouco tempo que sobra é preenchido com TVs, uma em cada quarto, com os computadores e os celulares carregados de tecnologias capazes de nos conectar ao mundo, mas, ao mesmo tempo, distanciar aqueles que estão ao nosso lado.

As tecnologias são inerentes ao mundo atual e de utilidades infinitas, mas precisamos dominá-las, fazendo uso adequado e equilibrado, sem permitir que elas ocupem todo o tempo e espaço, reduzindo a zero os momentos de convivência física entre as pessoas da mesma família, sob o risco de nos enquadrarmos numa formação familiar desastrosa, que chamamos de família de desconhecidos.

Para fazermos da nossa família o nosso principal grupo de apoio e referência, precisamos criar dentro da nossa casa momentos favoráveis à construção de um relacionamento sadio entre os seus membros. Para tanto, podemos adotar algumas atitudes simples, como por exemplo, fazer as refeições com a família reunida, sentados à mesa, com a TV desligada e sem celulares ligados ao lado dos pratos. Se não conseguirmos reunir a família nem mesmo na hora da alimentação, quando pretendemos? Precisamos, por vezes, sair das redes sociais e do mundo virtual para vivermos um pouco de vida real. Precisamos demonstrar interesse pelo outro.

Também precisamos ter claro que um grupo de apoio é uma via de mão dupla, onde damos e recebemos. Portanto, para fazermos do nosso lar um verdadeiro grupo de apoio, precisamos desenvolver a cooperação entre os membros da casa, onde servimos e somos servidos, onde dividimos tarefas e fazemos outras em conjunto, onde valorizamos o respeito mútuo e onde os esforços de cada um contribuem para o bem-estar de todos. Sem isso não existe família, apenas um amontoado de pessoas.

BONS PAIS OU PAIS BONZINHOS

Ao nos tornarmos pais ou mães, desejamos ser bons pais, criando uma relação com fortes vínculos afetivos, conquistando o respeito dos nossos pequenos. Mas nesta busca muitos confundem os papéis e, em vez de serem bons pais, tornam-se apenas pais "bonzinhos".

Bons pais são aqueles que se fazem presentes. Suas ações visam nortear as condutas dos filhos, criando regras, estabelecendo limites, corrigindo com amor, enquanto pais bonzinhos são permissivos e facilitadores, deixando os filhos à mercê de si mesmos. Bons pais sabem dizer "sim" quando a ocasião permite, mas também sabem dizer "não" quando necessário. Já os pais bonzinhos possuem grande dificuldade em dizer um "não" como resposta, mesmo quando preciso.

Bons pais sabem se posicionar. Eles respeitam os filhos, mas também exigem respeito. Em suas ações, eles buscam fazer sempre aquilo que precisa ser feito, mesmo que, vez ou outra, isto contrarie os desejos das crianças. Pais bonzinhos não se posicionam e nem manifestam nenhuma atitude de desaprovação quando são hostilizados, ofendidos, ou humilhados pelos pequenos. Desejando agradar sempre e temendo a rejeição, eles fazem de tudo para não os contrariar.

Bons pais permitem que os filhos façam tudo aquilo que eles possuem condições de fazer. Eles não carregam no colo; eles ensinam a caminhar. Pais bonzinhos acreditam que precisam fazer tudo pelos filhos, inclusive aquilo que é obrigação deles: eles carregam sua mochila escolar, põem comida no prato, guardam os objetos que eles espalham pela casa etc. Bons pais exercem o papel de pais, enquanto pais bonzinhos exercem o papel de serviçais da garotada.

Bons pais não são violentos, nem agressivos. Não são estúpidos, nem grosseiros. Bons pais possuem atitudes coerentes e equilibradas. Eles sabem elogiar quando existe mérito, mas também sabem ser firmes quando necessário. São incentivadores e apoiadores das boas condutas e cuidam dos seus próprios comportamentos, fazendo deles exemplos para seus filhos.

Bons pais proporcionam oportunidades para que os filhos cresçam, melhorem e conquistem pelos próprios esforços. Pais bonzinhos, desejando satisfazê-los o tempo todo, atendem de forma imediata todos os desejos da criançada, mesmo os mais descabidos.

Bons pais cuidam dos pequenos, mas não se esquecem de si próprios, enquanto pais bonzinhos não possuem vida própria, eles vivem em função dos filhos.

Como resultado, bons pais conquistam autoridade e respeito, transformando a relação com os filhos em uma convivência harmoniosa, fortalecida pela criação de fortes vínculos afetivos. Pais bonzinhos facilmente se transformam em verdadeiros "bananas". Como não possuem atitudes, não são respeitados. Como se abandonam em função dos filhos, também são esquecidos por aqueles que mais amam.

Bons pais criam bons filhos; pais bonzinhos criam filhos folgados, imaturos e egoístas. E nós. Que tipo de pais desejamos ser? UM BOM PAI OU UM PAI BONZINHO?

RESPONSABILIDADE SEM CULPA

Se nos deixarmos influenciar por uma sociedade que cobra de nós pais uma perfeição, que não está ao nosso alcance, corremos sério risco de nos tornarmos mais uma vítima do sentimento de culpa.

Este sentimento não está ligado apenas a fatos ocorridos no passado, em que a pessoa se autocondena por algo que já aconteceu. Ele também pode nos remeter ao futuro, ou seja, a pessoa se sente culpada antes mesmo de agir.

Muitos pais sabem que existem momentos em que precisam ser firmes, mas paralisam com receio de contrariar os filhos ou por medo da rejeição da criança e amolecem. Existem momentos em que o não é necessário, mas sentem-se culpados por não atender aos apelos da criança e facilitam.

É nossa responsabilidade, como pais, exercer uma educação preventiva e assertiva e isso exige a adoção de atitudes firmes que visem corrigir todos e quaisquer comportamentos que desaprovamos. Nossas ações, por vezes, contrariam os interesses dos pequenos, mas não precisamos agradar o tempo todo. A responsabilidade nos convida a agir; a culpa por antecipação engessa e paralisa nossas ações.

Os filhos, espertos como são, aproveitam e utilizam as armas que possuem: o choro, a birra, o rostinho emburrado. Neste momento é preciso muita consciência para fazermos aquilo que precisa ser feito, sem autopunição, sem autopiedade, sem culpa.

É fácil identificarmos os pais que se culpam por antecipação. Eles possuem o hábito de fazer o uso do "e se" diante de tudo aquilo que precisam fazer. "E se eu não permitir que ele coma mais um doce depois de secar uma caixa inteira de chocolates e ele ficar doente?" "E se eu não comprar mais um brinquedinho depois de centenas e mais centenas que ele possui e ele não gostar mais de mim?"

A responsabilidade, diferente da culpa, é a consciência de que o verdadeiro amor é aquele que nos leva a fazermos o que precisa ser feito, sem omissão, sem receios de estabelecermos limites. Precisamos parar de tratar filhos como coitadinhos, pois isso diminui suas potencialidades e capacidades. Mais do que agradar o tempo todo, nossa responsabilidade é a de educar, de preparar para a vida.

POSICIONAMENTOS FRÁGEIS, MANIPULAÇÕES FORTES

"Quando ele quer, não tem jeito, tem que dar, senão ninguém aguenta", reclama a mãe, após a insistência perturbadora do filho de apenas cinco anos. Oras, se não aguentamos a pressão de uma criança de apenas cinco anos, não será aos quinze ou dezesseis que atingiremos esse objetivo.

Premiar comportamentos inadequados significa fortalecê-los. A birra intensa, quando atinge o seu objetivo, será mais intensa ainda na próxima vez. O recuo após uma insistência perturbadora alimenta este comportamento, e nas ocasiões seguintes ela será ainda mais perturbadora. Ceder após uma grande pressão significa transmitir uma mensagem não verbal de que basta pressionar que recuamos.

Quando somos fracos no posicionamento, os filhos se tornam fortes na manipulação. Quando não sabemos como agir, os filhos agem de acordo com os seus interesses. Quando perdemos o controle, quem controla são eles e, assim, assistimos a uma inversão de papéis, onde os filhos mandam e os pais obedecem.

É óbvio que é mais fácil permitir, deixar fazer, ceder. Com estas atitudes não temos trabalho, não sofremos pressões e agradamos. Porém, a função dos pais, mais do que agradar o tempo todo, é também a de educar e isso é mais trabalhoso, porém necessário, pois se não o fizermos, quem o fará?

A educação das crianças não é uma atitude a ser protelada, mas urgente, pois a cada dia perdido no controle da situação, multiplicam-se as dificuldades para o dia seguinte. Por isso, o Programa Amor-Exigente costuma alertar os pais: acordem, a cada dia temos menos tempo de agir. Portanto, façamos já.

RECURSOS LIMITADOS

Na tentativa de nos enquadrarmos nos padrões de uma sociedade consumista, somado ao desejo de dar aos nossos filhos tudo aquilo que não tivemos, fizeram com que nos esquecêssemos que possuímos recursos limitados.

Com isso, gastamos mais do que ganhamos, comprando coisas que não precisamos, assumimos obrigações que não possuímos e nos endividamos. Apelamos para os cartões de crédito ou cheque especial e nos afundamos ainda mais e, assim, estouramos todos os nossos limites financeiros. Somos pressionados a pagar o que devemos e, na tentativa de cumprir com os compromissos, precisamos trabalhar mais, arrumar bicos nos horários vagos, fazer horas extras, trabalhar nos fins de semana e assim extrapolamos nossos limites físicos. As pressões aumentam, o clima na casa torna-se insuportável, nossa saúde começa a ser afetada: a cabeça dói, o estômago dói. As preocupações não nos permitem dormir bem à noite. Somos afetados pela ansiedade e pelo estresse, que nos levam a compulsões. Por vezes, comemos demais, bebemos demais, fumamos demais, dormimos demais ou de menos e experimentamos o desespero. Como consequência, extrapolamos nossos limites emocionais e afundamos em antidepressivos.

Precisamos parar. É hora de rever nossos conceitos e traçar metas para reorganizar nossa vida. É hora de aprendermos a dizer "não", primeiro para nós mesmos: não, isso eu não preciso; não, isso eu não quero; não, isso eu não posso; não, isso eu não aceito. É hora de reavaliarmos o que de fato precisamos, evitando comprar por impulso, por pressões da moda ou da mídia. É hora de reavaliarmos nossos recursos e aprender a respeitá-los. É hora de transmitirmos ao outro, com clareza, que não somos um banco e nem máquinas. Somos apenas gente e não uma fonte inesgotável de recursos, disponíveis o tempo todo. É hora de aprendermos que não somos obrigados a tudo e possuímos o direito de também dizer não como resposta.

Caso não o façamos, continuaremos a viver mal, a gastar mal, a comprar sem nem saber para quê. Continuaremos a ser explorados, manipulados, cobrados, exigidos em coisas que não estão ao nosso alcance. Continuaremos acreditando que precisamos estar sempre disponíveis para socorrer a todos. Continuaremos sufocados e adoecidos. Precisamos de coragem e atitude para modificarmos esse processo doentio e retomar o equilíbrio na busca de um viver com melhor qualidade.

A partir do momento em que aprendemos a respeitar nossos próprios limites podemos tirar a fantasia do todo poderoso, que dá conta de tudo, podemos tirar a máscara do super-herói que socorre a todos e reassumir nossa natureza humana, com posições claras, transmitindo ao outro que temos nossos limites e precisamos que eles sejam respeitados. Devemos nos posicionar de maneira que possamos barrar toda forma de pressão, de manipulação, de chantagem. Parar de sermos o alvo de pessoas que nos exploram, sem pena ou piedade, inclusive filhos folgados que sugam tudo o que podem, sem pudor e sem piedade, com o infantil discurso de que não pediram para nascer.

Não precisamos temer que o respeito aos nossos limites seja algo que vai nos barrar, nos paralisar, deixando-nos estagnados e muito menos devemos fazer dos nossos limites algo que nos leve à acomodação. Não é isso. Limites são, acima de tudo, proteção. Quando possuímos clareza de quais são os limites dos nossos recursos, podemos traçar metas para avançar sem nos arrebentarmos, podemos seguir em frente, crescer, melhorar, ir além, viver melhor e evoluir, porém com equilíbrio e segurança.

PAIS OU AMIGOS DOS FILHOS

Em um passado recente a organização familiar era patriarcal. O pai mandava na casa a seu modo e ninguém ousava contrariá-lo. Era uma educação rígida, por vezes agressiva e autoritária. Um sistema bruto que não se encaixa mais na educação moderna e precisava ser modificado.

No entanto, a busca pela adequação ao novo tempo e querendo parecer modernos demais, passamos a nos relacionar com nossos filhos como se eles fossem nossos amiguinhos e esquecemos que, antes de sermos seus amigos, somos pais e precisamos exercer o nosso papel de pais, de guia, de orientador, de norteador das condutas dos filhos.

Ao igualarmos essa relação muitos de nós fomos engolidos. Transformamos filhos e filhas em reis e rainhas da casa, e, assim, se no passado os filhos não tinham voz, nem vez, atualmente quem perdeu a voz e a vez foram os pais.

Quando citamos que os pais não precisam se preocupar em ser amiguinhos dos filhos parece que causamos certo desconforto. Não vemos razões para isso, afinal, ser pais significa desempenhar um papel muito superior ao de amigos. Amigos são descartáveis, pais e filhos não. Pais que querem ser apenas amiguinhos dos filhos diminui a importância do seu real papel de pais. Pais são capazes de dar a vida por um filho, amigos, raramente. Pais são capazes de doar um dos seus rins para um filho, amigos, raramente.

Exercer o nosso papel de pais não significa sermos grossos, estúpidos, ranzinzas ou violentos, pelo contrário, significa que podemos ser agradáveis e abertos ao diálogo, que devemos criar uma relação de confiança e de fortes vínculos afetivos. Como pais podemos brincar com eles, divertir, curti-los, mas quando for preciso, que saibamos exercer nossa autoridade, com firmeza, cientes que nossos filhos são nossa responsabilidade e temos o dever de educá-los. Os filhos precisam saber quem está no comando e que não são eles.

Por fim, e para não restar dúvidas, aqueles que ainda desejam mostrar aos filhos que são seus amiguinhos, ainda poderão fazê-lo, desde que não deixem de exercer, em primeiro lugar, o seu papel de pais, assumindo as responsabilidades que lhe cabem, pois sem isso criamos tiranos prestes a nos engolir, sem pena, nem piedade.

NOSSAS ESCOLHAS, NOSSO FUTURO

Praticamente todas as crianças e jovens da nossa geração, em alguma fase de suas vidas, serão convidados a experimentar algum tipo de droga. Esse será um momento decisivo, onde eles farão suas próprias escolhas.

Fechar os olhos e negar essa realidade não é uma postura capaz de proteger nossos filhos dos perigos que essas substâncias representam. Pelo contrário, precisamos reconhecer o risco e prepará-los para que neste encontro eles possam tomar a melhor decisão.

Não são pessoas estranhas que apresentam as drogas aos nossos filhos, mas sim aqueles que muitas vezes se apresentam como seus melhores amigos e que ganham inclusive a nossa confiança. Sabendo disso torna-se importante conhecermos quem são os amigos dos nossos filhos.

Também devemos conversar com eles sobre "drogas", antes que outros o façam, mas isso somente terá efeito positivo se buscarmos conhecimento sobre o assunto para não falarmos idiotices que não convencem ninguém, muito menos os jovens, que são questionadores e possuem acesso a muita informação sobre essas substâncias, muitas vezes de fontes duvidosas.

O fortalecimento da autoestima é outro fator importante para prepará-los, visando a uma escolha assertiva, e uma das formas de ajudá-los no desenvolvimento do valor que fazem de si mesmos é utilizarmos o poder do elogio. É óbvio que devemos corrigi-los sempre que apresentam atitudes que desaprovamos, mas não podemos perder a oportunidade de elogiá-los quando existirem méritos.

A personalidade também é determinante para as escolhas e cabe a nós ajudá-los no seu desenvolvimento. Para isso, precisamos ensiná-los a também dizer "não" como resposta. O sim e o não se aprendem em casa e os filhos que nunca recebem um "não" dos pais dentro do lar, mais tarde, na rua, encontrarão dificuldades enormes para recusar ou resistir a uma pressão do grupo.

Também é importante ajudá-los a desenvolverem o senso crítico, onde, futuramente, consigam se posicionar com firmeza, não entrando de bobeira em conversas mal-intencionadas. Podemos prepará-los, chamando-os a reflexão sobre temas do dia a dia. Em vez de fazermos longos discursos, podemos abrir um diálogo sadio para conhecermos suas opiniões e posicionamentos.

Não estaremos ao lado dos nossos filhos quando alguém lhes ofertar qualquer tipo de droga, mas como também fazemos nossas escolhas, podemos optar por prepará-los para esse encontro e, assim, mesmo não presentes fisicamente, nossa atuação preventiva deixa nossa marca e isso poderá fazer toda a diferença.

EDUCANDO COM EQUILÍBRIO

Um comportamento equilibrado é uma arma poderosa tanto na educação dos filhos, como na resolução dos conflitos; no entanto, é uma atitude pouco explorada. Erroneamente muitos acreditam que é necessário gritar, bater, fazer um escândalo para educar as crianças, e assim agem de forma histérica, numa demonstração clara de desequilíbrio comportamental.

Agir com equilíbrio, mas com posicionamento claro e firme significa cobrar, exigir, direcionar, conduzir e nortear as condutas dos filhos, sem precisarmos assumir comportamentos grosseiros, rudes, estúpidos ou violentos. Como cita aquele velho ditado, "a carroça, quanto mais vazia, mais barulho faz".

O equilíbrio nos dá condições de lidarmos com os desafios de forma consciente. Isso nos ajuda a raciocinar sobre a melhor conduta a ser adotada diante daquilo que desaprovamos. O equilíbrio nos direciona a agir, enquanto a falta dele nos conduz a reação. Quando agimos com equilíbrio somos donos da razão e ganhamos em respeito.

Só precisamos tomar cuidado para não confundirmos uma atitude equilibrada com a falta de atitude ou a passividade na educação dos filhos. Mesmo com atitude equilibrada, por vezes, precisamos falar mais alto, dar uma bronca, subir na mesa.

Existem momentos na educação das crianças que elas precisam receber não como resposta. Sem um comportamento equilibrado, facilmente perdemos o controle, gritamos, fazemos barulhos, mas o próprio desequilíbrio emocional não nos permite suportarmos as pressões dos pequenos e cedemos. Não adianta gritar, depois permitir; não adianta bater, depois se arrepender e enchê-los de agrado.

Por outro lado, quando falamos um não com atitude equilibrada, significa nos posicionarmos com clareza e firmeza sem, no entanto, cedermos para o jogo da pressão, das chantagens ou manipulações. Quando minha filha, ainda pequena, começava o jogo da insistência, eu me abaixava e dizia com muita clareza: – Pode insistir quanto quiser, a resposta é não e já está decidido, você não vai conseguir me convencer do contrário. Foi muito fácil fazê-la entender que suas birras não eram suficientes para me tirar do equilíbrio e me fazer mudar de atitude.

Os filhos, sabendo que os pais perdem o equilíbrio com facilidade, utilizam isso para benefício próprio. Eles sabem, como ninguém, a agir para perdermos a paciência e cedermos. Insistem, imploram, fazem birras, até nos tirar do sério. Quando eles conseguem irritar os pais, estes costumam ceder e os pequenos sabem disso.

O comportamento equilibrado nos permite tomarmos atitudes firmes, sem perdermos nosso controle emocional e, ao mesmo tempo, transmitimos segurança e domínio sobre a situação, enquanto os comportamentos desequilibrados são uma demonstração clara de insegurança.

DROGAS: VOCÊ JÁ FALOU COM SEUS FILHOS SOBRE ISSO?

Uma das principais preocupações dos pais em relação aos seus filhos é o medo deles se envolverem com o uso das drogas. Mesmo assim, parece existir certo tabu em falar com eles sobre o assunto. Muitos não sabem como fazê-lo e outros são tão ausentes na educação dos filhos que não adotam quaisquer atitudes orientativas.

A desinformação sobre as drogas é também um dos fatores que leva os pais a adiarem a conversa. Alienados sobre o tema, ficam à espera de algum sinal de consumo para tomarem providências. Assim, quando surge algum indício de uso já é tarde demais. Em geral, a família demora alguns anos para descobrir o uso, ou seja, quando ficam sabendo, o filho já está mergulhado na dependência.

A negação é, sem dúvida, um dos maiores motivos do adiamento da conversa. Um número exagerado de pais enxerga as drogas como algo muito distante, que acontece na casa do vizinho, com filhos abandonados, negligenciados ou que vivem em situação desfavorecida. Estes pais precisam acordar. O problema está batendo à nossa porta e qualquer um de nós está sujeito a enfrentá-lo. Negar isso não nos garante proteção; pelo contrário, coloca-nos em situação de vulnerabilidade, pois ao negar o problema, silenciamos e deixamos de agir.

Ao pensarmos em prevenção, não podemos fugir de nosso papel de orientador de nossos filhos. Assim, devemos, com sabedoria e sem receios, abordar sobre o tema, antes que seja tarde demais, pois se não o fizermos, alguém o fará e poderá levar até eles informações distorcidas e equivocadas.

Quanto maior a qualidade da conversa, melhores os resultados. Orientar sobre os perigos das drogas de forma adequada exige a busca de informações de qualidade sobre o assunto. Caso contrário, acabamos falando bobagens e não somos levados a sério. Exige capacidade de argumentação e preparo para lidar com os questionamentos e pontos de vista diferentes do nosso. Exige segurança naquilo que desejamos transmitir e posicionamento claro diante do assunto a ser tratado.

Ao abordar sobre o tema devemos nos preocupar em fazer uso da verdade sobre as drogas, sem medo. É inegável que elas também proporcionam prazer e eles devem tomar conhecimento dessa realidade através dos pais, pois assim é possível também mostrar que este "benefício" é passageiro, resultando depois, em grandes prejuízos e perdas. Se nos negarmos a falar sobre esta particularidade das drogas, sua rede de amizade o fará, com uma diferença: somente mostrarão, de forma fantasiada, os prazeres e benefícios, omitindo as consequências e danos provocados pelo uso.

Nossa abordagem deve ser clara, sem fantasias e sem simplismos, evitando dramatizações e exageros desnecessários. Devemos evitar comparações com tempos passados, trazendo a conversa para os nossos dias e a realidade em que vivem nossos jovens.

Conversar com os filhos sobre o assunto não significa fazer um sermão onde nós falamos, falamos e falamos, enquanto eles somente ouvem ou fingem ouvir. A boa conversa consiste também em sabermos ouvi-los, conhecer nossos filhos e suas opiniões, levando-os a uma reflexão sobre o assunto abordado. Isso facilita o desenvolvimento de seu senso crítico e de sua capacidade de fazer boas escolhas.

TOMA QUE O FILHO É TEU

Em se tratando da educação dos filhos, ambos os pais são responsáveis e devem se alinhar para falar a mesma língua, criar parceria e não divisão ou disputa.

Essa não é uma tarefa fácil, considerando a personalidade e as individualidades de cada um. É comum casais possuírem comportamentos opostos. Enquanto um é mais exigente, o outro é permissivo, enquanto um é firme no posicionamento, o outro é facilitador. Enquanto um tenta estabelecer regras, o outro vive quebrando-as. É preciso buscar um ponto de equilíbrio e para isso é imprescindível que o casal aprenda a dialogar.

Na busca da unidade ambos devem apresentar o seu ponto de vista e também precisam ceder em alguns pontos. É desastroso para a educação dos filhos quando os pais não se entendem. Cada vez que um dos lados toma determinada decisão ou atitude e o outro a quebra fragiliza a autoridade do companheiro e os filhos buscam pelo facilitador.

Também é importante que os dois se posicionem, sem aquela velha frase de mãe: "Você vai ver hora que seu pai chegar". Ou do pai: "Vê lá com sua mãe".

Esta tarefa se torna ainda mais desafiadora quando os pais são separados. É importante que ambos compreendam que quem se separa são os pais. Os filhos continuam sendo seus filhos e visando ao bem deles, e não havendo razões concretas para um impedimento, é fundamental que facilitem o contato com a outra parte.

É cruel com os filhos envolvê-los nos desafetos entre os pais. Usá-los como forma de vingança não pune apenas o lado contrário. Pune, com intensidade maior, os próprios filhos.

E antes que me cobrem, não dá para deixar de citar uma realidade muito presente em muitas famílias, que é o abandono de muitos pais, cuja participação não vai além do ato sexual e desaparece, deixando toda a responsabilidade para a mãe. Quando muito, uma minguada pensão, como se isso bastasse. A esses me recuso chamá-los de pai, ou de mãe, se for ela quem abandona o barco.

Por fim, filhos bonzinhos é gostoso, e enche-nos de orgulho em chamarmos de nossos. Mas se os filhos são problema, continuam sendo nossos e de nossa responsabilidade. Quando não deu certo precisamos nos unir ainda mais na busca de soluções, sem omissão e sem adotar o discurso do "toma que o filho é teu".

BULLYING, COMO PREVENIR

Alguns anos atrás, um trágico fato ocorrido no Colégio Goyases, em Goiânia, onde um aluno matou dois colegas de classe e feriu outros quatro, mais uma vez, trouxe à tona a discussão sobre o *bullying*, um problema recorrente em nossas unidades escolares, públicas ou privadas.

A pretensão deste texto não é julgar o ocorrido, nem mesmo apontar os motivos da tragédia, mas refletir sobre a prática do *bullying*, amplamente comentado sempre que fatos semelhantes acontecem.

Apelidos e brincadeiras são comportamentos comuns dentro das escolas. No entanto, há um momento em que essas atitudes ultrapassam a normalidade, onde o provocador exerce uma pressão desmedida e recorrente sobre o provocado, zombando, criticando, ou mesmo agredindo, sem que a vítima reúna forças suficientes para se auto proteger. Isso é o *bullying*, palavra de origem inglesa, derivada de *bully*, que significa tirano, valentão, brigão.

Em geral, as escolas são os locais de maior ocorrência do *bullying*, mas a atenção a esse problema deve começar dentro de casa. Os pais precisam ficar atentos aos comportamentos dos filhos, que podem ocupar tanto o papel do provocador, como o de vítima.

Em muitos lares impera a cultura machista, onde desde pequenas as crianças são incentivadas a mostrar sua força, a exercer sua valentia. Se provocarem brigas e saírem aplaudidos, ganham força e esse é o incentivo que precisam para se tornarem potenciais provocadores do *bullying*. Normalmente ele não é o mais forte da turma, assim, ele escolhe como vítimas, aqueles que ele consegue dominar e amedrontar.

Se por um lado não devemos incentivar brigas ou discussões com os colegas, por outro precisamos prepará-los para uma autodefesa e elevar sua autoestima. Quem conhece bem um ambiente escolar sabe que se trata de ambiente hostil. A autodefesa não está ligada a revidar, entrar na briga, mas saber se proteger, com atitude e coragem de buscar ajuda.

Algumas atitudes em casa são importantes para identificarmos se o filho está sendo vítima deste problema. Um deles é o diálogo, mas precisamos entender que diálogo não é bronca. O bom diálogo é aquele que estamos dispostos a ouvir o que eles têm a nos dizer, sem condená-los ou criticá-los. Por vezes, damos broncas ou ameaçamos e assim eles tendem a se afastar.

Outra atitude importante é a proximidade entre pais e filhos, sem permitir que os recursos tecnológicos ocupem todo o tempo livre da família. É através da convivência que ganhamos capacidade de notar sutis mudanças comportamentais e agir.

A escola também deve estar atenta aos seus alunos, não somente em sala de aula, mas também fora dela, durante o recreio ou mesmo no portão de saída e percebendo quaisquer problemas, devem adotar medidas para coibir.

Por vezes sinto que a escola e a família não se conversam. A escola reclama que os pais não aparecem e os pais criticam a escola porque só os chamam para reclamar dos filhos. Isso não ajuda. Só vamos conseguir avanços em relação à prevenção do *bullying* quando olhamos com atenção nossos filhos ou alunos e quando a família e escola tornarem-se parceiros nesse desafio.

DAS PEQUENAS ÀS GRANDES FALHAS

Muitos pais, equivocadamente, acreditam que se um filho fizer uso das drogas eles perceberão a tempo de tomarem providências para que ele não seja arrastado por elas. Enganam-se. Como a dependência é um processo lento, que se instala ao longo do tempo, quando eles tomam conhecimento é provável que o filho já faça uso prolongado e severo delas.

Como demoramos para perceber que um filho iniciou o uso das drogas, precisamos focar nossas atenções aos outros comportamentos. Por vezes, preocupamo-nos tanto com o uso de substâncias ilícitas e nos esquecemos de corrigir os pequenos desvios de conduta que vão se somando, ganhando intensidade até atingir níveis perigosos.

É preciso atenção permanente sobre as condutas dos pequenos, sem minimizar suas falhas e tomar atitudes para corrigi-las. Não podemos tapar os olhos para os pequenos deslizes, pois se não corrigidos, as pequenas falhas vão se avolumando.

Com absurda capacidade de prestar atenção e assimilar o que vivenciam em seu dia a dia, os filhos percebem facilmente que os pais são permissivos e a permissividade é um dos comportamentos facilitadores dos desvios de conduta. Pais sem autoridade são um caminho aberto às transgressões de regras.

Nós adultos não podemos tudo e os pequenos também não. É dentro de casa que precisam conhecer noções de limites. É no lar que precisam entender que existe o sim e também o não. São os pais que devem ensiná-los que eles não são os donos do mundo e que para cada falha existe uma consequência.

Mas isso precisa começar o mais cedo possível, pois as pequenas falhas crescem e se multiplicam. Se não conseguirmos controlar e exercer nossa autoridade em relação à criança, certamente não será quando completarem quatorze ou quinze anos que seremos bem-sucedidos.

Quando chegam à adolescência, é a fase onde buscam a própria identidade e o conhecimento dos seus limites. Esse momento exige dos pais maior atenção e um posicionamento claro em relação às condutas dos filhos. É a fase onde eles vivem com maior intensidade as relações de grupo, se testam e nos testam o tempo todo. Atitudes permissivas nesta travessia significam colocá-los em alto grau de risco.

A liberdade que os filhos buscam precisa estar intimamente ligada à responsabilidade. Todo grande desajuste comportamental começa pelos pequenos e quando nos posicionamos com firmeza diante das falhas menores, estamos educando para que eles não mergulhem nos grandes problemas. Isso é atuar na prevenção.

PAI, FAZ MAIS UM PIX PRA MIM!

O Pix, um modo de transferências e pagamentos instantâneos, é mais um recurso tecnológico que chegou para facilitar a nossa vida. Porém, para muitos familiares, isso está se tornando um tormento. Muitos filhos estão achando que seus pais são bancos e, a qualquer hora, do dia ou da noite, enviam mais uma mensagem, solicitando mais uma transferência.

Para piorar ainda mais a situação encontramos pais e mães com gigantescas dificuldades para se posicionarem diante das insistentes investidas dos filhos, como se fossem obrigados a atenderem prontamente cada novo pedido.

Para os familiares que convivem com um dependente químico em casa, o Pix está se tornando um verdadeiro pesadelo. Devemos sempre lembrar que uma pessoa dependente de qualquer substância não costuma possuir limite algum. Em geral, é manipulador e chantagista, e se os pais não forem capazes de estabelecer parâmetros, podem se preparar para o colapso total de todos os seus recursos financeiros.

A tecnologia é nova e é urgente que os pais se adaptem, fazendo uso adequado desse recurso, criando regras claras, definindo limites para os filhos, sem precisar arranjar desculpas ou mentiras para não atender as suas crescentes exigências.

Não vejo muita saída para lidarmos com esse desafio. Ou a família aprende a se posicionar, estabelecendo os seus limites com firmeza e coragem, e, assim, podem continuar usufruindo dessa facilidade, ou é melhor abrir mão da modernidade antes que o barco afunde de vez, com a mesma velocidade com que fazemos mais uma transferência via Pix.

DEPOIS, MÃE!

A mãe, atarefada, olha para o filho adolescente e pede seu apoio: "Filho, você pode colocar ração para o cachorro?" Ele, espichado no sofá, com seu celular nas mãos, responde em curtas palavras: "Depois, mãe".

"Depois, mãe" é a resposta reproduzida por muitos filhos, sempre que algo lhe é solicitado; mas quando é "depois, mãe?" Coitado do cachorro se precisar esperar por esse "depois". Eles protelam, postergam, enrolam e nos enrolam. Sem muita paciência, cansada de esperar por esse "depois", que nunca chega, ela dá seu jeitinho, e resolve o problema, alimentando o cão, que, aliás, pertence ao filho.

"Depois, mãe", geralmente, não significa exatamente que depois será feito. "Depois, mãe" pode ser traduzido por "faça você". Os filhos, como bons observadores, sabem que os pais não conseguem esperar e isso é tudo que eles precisam. Nestes casos a falta de paciência é nossa inimiga. Não esperamos esses "depois" e fazemos por eles aquilo que eles deveriam fazer e eles se acostumam, acomodam e se aproveitam disso.

Por outro lado, quando são eles que desejam alguma coisa, querem pra já, fazem enorme pressão e possuem uma dificuldade gigantesca em esperar por algo.

Em resumo, quando somos nós que desejamos alguma coisa deles, haja paciência para esperar esse "depois", mas quando os interessados são eles, tem que ser agora. Na vida também precisamos aprender com a expertise deles, e vez ou outra utilizar a mesma técnica: "Depois, filho."

PRIMEIRO NÓS, SEGUNDO NÓS, TERCEIRO NÓS

Muitas vezes, no intuito de agradar, acabamos vivendo exclusivamente em função do outro, para o outro, e pelo outro. Ao longo do tempo, chegamos à triste conclusão de que essa atitude, além de anular a nossa vida, não obteve o reconhecimento que desejávamos. Precisamos acordar: quanto mais fazemos pelo outro, sem olhar para nós mesmos, mais somos esquecidos, desvalorizados e desrespeitados. Quem vive em função do outro não vive e quem não vive está morto, e o que é pior, morto em vida.

Precisamos reencontrar a nossa vida, o nosso eu, reconhecer o nosso valor. Não existe outro caminho a não ser iniciarmos por nós mesmos. As pessoas respeitam aqueles que eles admiram. Quanto mais nos esquecemos de nós mesmos, mais somos esquecidos pelo outro. Não somos valorizados pelo que fazemos para o outro, porque na visão dele isso soa como uma obrigação. Somos valorizados, em primeiro lugar, por aquilo que somos, pelo que transmitimos, pela maneira como nos apresentamos.

Não há porque temer. Começar conosco não exclui o outro, nem o coloca em segundo plano. Nas relações humanas não precisa haver uma ordem, uma escala: primeiro eu, ou primeiro o outro, mas um olhar para o conjunto. Se olharmos em primeiro lugar para o outro, ficamos para traz, perdemos nossa identidade, tornamo-nos invisíveis. Por outro lado, se nos colocarmos em primeiro plano, podemos nos tornar egoístas.

É plenamente possível dar atenção, fazermos o nosso melhor em relação àqueles que amamos, e ao mesmo tempo cuidar, dar atenção e fazermos o nosso melhor para nós mesmos. Podemos amar o outro, sem precisar deixar de nos amar. Percebam que uma atitude não exclui a outra?

Quando eliminamos as escalas do primeiro eu, ou primeiro o outro, trabalhamos o conjunto, o todo. Valorizamos as relações, que é superior ao individual. Fortalecemos os vínculos afetivos, e assim torna-se possível respeitarmos ao mesmo tempo que cobramos e exigimos respeito, e com isso podemos adotar a ideia de que primeiro nós, segundo nós, terceiro nós.

PERGUNTE AO GOOGLE

A pequena menina mal completou três anos de idade e já possui um celular nas mãos, onde desliza os frágeis dedinhos sobre a tela, clica em um ícone, outro clique e com sua voz infantil pede: "galinha pintadinha". Como num passe de mágica surge diante dela uma infinidade de vídeos.

Os celulares fazem parte da vida moderna, mas é preciso muito cuidado, pois o uso sem controle destas tecnologias por crianças pode causar danos severos e isso é extremamente preocupante.

Quem permite que crianças façam uso destes aparelhos precisa adotar algumas medidas de segurança, a começar pelo uso supervisionado e na presença de adultos, sem portas fechadas. A internet é um campo aberto tanto para o bem, como para o mal e precisamos saber o que eles acessam.

É importante definir o tempo de uso dos aparelhos, não permitindo o acesso exagerado e sem limites, bem como estabelecer um horário de encerramento do uso durante a noite, que não seja tarde e não afrouxar na regra, permitindo minutinhos a mais. Em poucos dias os minutinhos a mais podem se transformar em horas.

Durante algumas atividades do dia, o celular deve ficar distante. Não permitir o uso durante as refeições, ou durante as tarefas escolares, a não ser que seja necessário para pesquisa.

Também é importante estimular brincadeiras e brinquedos não tecnológicos.

Conversar sempre sobre o que acessam e alertá-los sobre os perigos que estão expostos, orientando a consultar os pais antes de qualquer atitude nas redes sociais, com abertura ao diálogo e não broncas. A bronca afasta a criança por medo e não evita a continuidade do problema. Melhor acolher e ganhar a confiança.

Não podemos esquecer que as crianças precisam dos pais, precisam do nosso contato, precisam interagir com o mundo real. E isso também nos alerta sobre o tempo que estamos ocupando com nossos celulares nas mãos, conscientes de que nossos filhos também precisam do nosso tempo, das nossas atitudes educativas, sem interferências tecnológicas. Pesquisando na internet, as crianças podem encontrar quase tudo, mas tem algo que não está disponível e não se encontra ali: a sua educação. Essa é nossa responsabilidade e não podemos ser omissos.

SEJA PERMISSIVO COM SEUS FILHOS

Seja permissivo com seus filhos. Permita que eles levantem o traseiro do sofá e vão até a geladeira para se servirem de mais um copo de água. Permita que eles carreguem os materiais escolares, que são deles. Permita que eles recolham os pratos da mesa. Permita que eles guardem os brinquedos após a diversão. Permita que eles cooperem com os afazeres da casa. Permita.

Permitir que façam significa valorizar a capacidade que eles possuem. Equivocadamente, muitos de nós queremos fazer para nossos filhos aquilo que é responsabilidade deles, aquilo que eles possuem condições de fazer, queremos resolver a vida para eles. E quanto mais fazemos por eles, mais eles se tornam dependentes de nós e mais aumenta sua lista de exigências.

Quantas vezes tratamos filhos saudáveis, com enormes potencialidades, como se fossem "coitadinhos". Essa atitude diminui a capacidade que possuem e, de tanto serem tratados assim, assimilam a ideia de coitadinhos e se acomodam, acreditando na própria ineficiência.

Permitir leva ao crescimento, aumenta o senso de responsabilidade, desenvolve a independência e transmite a ideia do quanto são úteis e necessários. Permitir cultiva o senso de pertencimento e fortalece os vínculos afetivos.

Mas nem tudo são permissividades. Não podemos ser permissivos com grosserias e falta de respeito, não podemos ser permissivos com comportamentos inadequados. Filhos não podem fazer o que bem entenderem. Existem regras e cabe aos pais estabelecer os parâmetros do que é permitido ou não, mas, se for saudável e para o bem deles, que a nossa permissividade os ajude a voarem alto.

FILHOS AGRUPADOS, PAIS ISOLADOS

Nossas crianças e jovens possuem uma extraordinária capacidade de se agruparem. Desde muito cedo formam seus pares, seja na escola onde estudam, em sua vizinhança ou na Igreja que frequentam. Sabem como ninguém fazer uso dos seus grupos, dialogando, trocando informações e se abastecendo.

Não bastasse este contato direto com seus iguais, eles também usam intensamente os seus grupos virtuais, através das redes sociais. Os jovens vivem o tempo todo agrupados e tiram o máximo proveito disso, onde influenciam e são influenciados. Lembro-me certa vez em que minha filha conversava online com uma amiga. Em certo momento a colega a convidou para sair. Minha filha respondeu que não sabia se eu deixaria. Rapidamente a colega lhe forneceu a dica, em uma só palavra: "Implora".

Na contramão desta característica encontramos pais isolados, sozinhos e fechados em seu mundo. Com essa competição desigual, os filhos estão levando enorme vantagem. Com uma equipe por detrás estão preparados e abastecidos de argumentos.

Estou cada vez mais convencido da necessidade de nós, pais, também formarmos os nossos grupos para nos orientarmos e trocarmos experiências. Educar bem os filhos da atual geração exige capacitação, pois vivemos uma época de desafios intensos e perigos iminentes, somados a um mundo em constante transformação e a uma velocidade espantosa. Por tudo isso, não dá mais para ficarmos parados e isolados, presos dentro de casa, repetindo métodos ultrapassados de educação, esperando para ver o que acontece.

Ao partilharmos experiências no grupo de prevenção ganhamos em poderes, ampliamos nossa visão de mundo, agimos de forma orientada e, assim, cometemos menos erros. Enriquecemos nossos conhecimentos, melhoramos nossa capacidade de observação e aprendemos a agir com assertividade. Deixamos de ser um alvo de fácil manipulação, saímos do analfabetismo educacional e vislumbramos diferentes possibilidades educativas funcionais e adequadas para os dias atuais.

Como resultado, aumentamos de forma extraordinária nossas chances de chegarmos antes que coisas desagradáveis nos peguem de surpresa. Pensar e agir na prevenção significa agir por amor, significa andarmos à frente para depois não precisarmos correr atrás movidos pelo desespero, dor e sofrimento.

AMOR PRÓPRIO, UM REMÉDIO NATURAL

Amar a si mesmo pode soar como um ato egoísta, por isso muitos de nós vivemos nos colocando em segundo, terceiro, décimo plano, esperando receber de outros aquilo que nós mesmos não somos capazes de nos oferecer. Nem sempre acontece a retribuição tão desejada, e como consequência, a frustração mostra sua poderosa força.

O amor-próprio não deve ser visto como egoísmo ou egocentrismo, pois amar a si mesmo não exclui aqueles que amamos, nem diminui o tamanho do amor que sentimos por eles, mas permite que nos enxerguem com o respeito que tanto desejamos.

Amar a si mesmo não é pecado, nem crime, e o primeiro passo para nos apoderarmos desse sentimento é nos sentir merecedores dele. Costumamos ser cruéis no autojulgamento, tratando-nos de qualquer jeito, fazendo de nós mesmos uma autocrítica negativa e exagerada.

Como consequência, abalamos nossa autoestima, resultando na perda da autoconfiança, percebendo-nos menores do que de fato somos, e quanto mais diminuímos nossas capacidades e qualidades, mais deixamos de ser vistos, admirados e amados por quem amamos.

O amor-próprio é um remédio natural, que melhora nossa saúde física, mental e emocional. Amamos tantas coisas, o futebol, a novela, o artista famoso, a copa do mundo etc., e nos esquecemos de amar o que é mais importante na nossa vida: nós mesmos.

Portanto, que sejamos gentis conosco, presenteando-nos com um elogio feito por nós mesmos, admirando e exaltando nossas qualidades, valorizando aquilo que temos de bom, porém, sem arrogância. Assim, permitimos que esse sentimento transborde para além de nós mesmos, criando conexões com o outro. E onde existe conexão, existe respeito e reciprocidade.

Esta obra foi composta em fonte Palatino Linotype, corpo 10,
e impressa em papel Chambril Avena 70g (miolo) e Supremo 250g (capa)
pela Gráfica Star7.